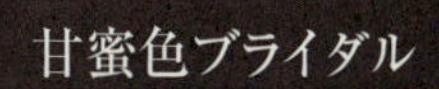

Himemi Mai

舞 姫美

Honey Novel

Illustration

めろ見沢

CONTENTS

本作品の内容はすべてフィクションです。
実在の人物、団体、事件などにはいっさい関係ありません。

【1】


城の中庭にある緑の芝の上にクロスを敷き、そこでピクニックを摸してささやかな茶会を開く。雲一つない晴天で陽射しが眩しいほどだったが、集った場所には大ぶりの枝が張り出す大木があり、それが優しい影を作ってくれていた。普段は臥せっている母と娘の優しいひとときを邪魔しないよう、召使いたちも必要以上には近づかず温かい瞳で見守っている。

今日は体調が良いらしく、この国の王妃であるフェリシアの母親は娘をつれて外に出た。穏やかな陽射しの下、敷いたクロスの上に優雅に座った王妃は、娘と傍付きの者たちの楽しげな様子を見守っている。

そこに姿を見せたのは、国王だ。執務室の窓から見える場所だったため、娘と妻の楽しげな様子に我慢ができなくなってしまったらしい。父親の姿も加わって、場はさらに賑やかになった。

まだ五歳のフェリシアは、両親とこんなふうに過ごせるのがたまらなく嬉しくて、いつになくはしゃいでしまっている。おかげで傍付き兼護衛兼遊び相手役の二人の少年を何かとハラハラさせていた。

今も庭に咲く色とりどりの花の中で気に入ったものを見つけて、早速摘みにいこうとしている。手にはマドレーヌを持ち、靴も履かないまま——王女にあるまじき惨事を迎えることは容易く想像できた。

「ああ、姫さま……！　食べものを持ったまま動かない！　食べるか動くかどっちかにしてください！」

誰よりも早くフェリシアの行動に気づいた赤髪の少年——ディオンが、叱りつける。フェリシアはハッと我に返ると素直にディオンの言うことを聞いて、大急ぎでマドレーヌを食べ始めた。

その様子に、ディオンが呆れた溜め息をつく。

「何がそんなに気になったんですか？」

「……んぐんぐ……あのお花、んぐんぐ……可愛いなって思って……んぐんぐ」

「ああ……姫さま、顔についてる。ほら」

ディオンがもう一人の少年——エミールからハンカチを受け取り、口端についたマドレーヌの欠片を拭ってやる。手間のかかる王女だと態度は呆れているように見えたが、フェリシアに対する仕草は優しい。

フェリシアはマドレーヌから一度口を離し、ニコッと笑う。その笑顔に、ディオンが軽くため息をついた。

「何を笑っているんですか」

「ありがとう、ディオン！」

口を拭き終わったハンカチを下ろして、ディオンが少し照れくさげに視線を逸らす。その様子を見た国王が、小さく笑った。

「ディオンはなんだかんだ言いつつ、面倒見がいいな」

「ええ。おかげで安心してフェリシアを任せておけるわ」

夫の片腕の中に包み込まれるようにもたれながら、王妃が柔らかい声で応える。ディオンの目元がほんのりと赤く染まり、それが国王夫妻の笑みを深めた。

「別に面倒見がいいわけではありません！　お、俺は姫さまの傍付きだからやってるだけです！」

ディオンは慌てたように立ち上がると、フェリシアが気になっている花を摘んできてくれた。戻ってきたときにマドレーヌを食べ終わったフェリシアは、目の前に差し出された小さな白い花に満面の笑みを浮かべた。

「ほら、姫さま。これが気になってたんでしょう？」

「ありがとう、ディオン！　可愛い！」

「そうですか。それはよかったですね」

フェリシアの満面の笑みに、ディオンも同じような笑みを返す。受け取ろうとすると、もう一人の傍付きであるエミールがふと思いついたように言った。

「どうせなら、髪に挿してあげたらどう？　姫さま、今よりもっと可愛くなりますよ」

「可愛く……なる？　エミール、本当？」

鏡がないため自分で確認ができないから、フェリシアは不安そうに問いかける。似合わなかったらどうしようと、大きな瞳が無言でディオンに問いかけていた
ディオンは小さく笑って、フェリシアの耳上辺りに花を挿す。

「大丈夫？　変じゃない？　可愛い？」

「変じゃない、ちゃんと可愛いですよ。心配なら陛下たちにも聞いてみたらどうですか」

「ディオンが可愛いって言ってくれなくちゃ、ダメなの」

ぷくっと頰を軽く膨らませて、フェリシアが言う。ディオンは軽く目を見開いたあと、微笑んで顔を近づけた。

「とても、可愛いです」

間近から顔を覗き込まれながら言ってもらえて、フェリシアはホッとしたのかすぐに輝くような笑みを浮かべた。それにつられたようにディオンも笑うと、フェリシアは嬉しさのあまりその身体に抱きつく。

「うふふ、ディオン、だーいすきっ！」

「うわっ、姫さま！　急に抱きつくなっ！　危ない！」

まだ少年の身体ではフェリシアの体当たりを受け止めきることができず、ディオンは体勢を崩してしまう。それでもフェリシアが怪我をしないように、胸の中に抱え込んでくれた。

仰向けに倒れた先には、菓子が乗っている皿がある。それは素早くエミールが取り上げて、被害がディオンの痛みだけに留まるようにしてくれた。

ばったりと仰向けに倒れたディオンの顔を上から覗き込んで、エミールが問いかける。

「大丈夫？」

「……俺はいい。姫さまは？」

「うん、すごく楽しそう」

「まあ……それならいいか」

「うふ、うふふふっ」

ディオンとくっついていられるのが嬉しくて、フェリシアは笑いながらぎゅうぎゅう抱きついている。胸に押しつけられる小さなぬくもりにディオンは知らず微笑んだあと――国王夫婦がエミールと同じように自分の顔を覗き込んできたことにぎょっとした。

「……な、何を見ていらっしゃるのですか！」

「フェリシアは随分とディオンのことが気に入っているようね」

「うむ、そうだな。フェリシア、そんなにディオンが好きか？」

「うん、大好き！　私ねぇ、ディオンとずーっと一緒にいたいなぁ」

幼いからこそフェリシアは素直に答えている。すかさずエミールが笑って突っ込んだ。

「だって。よかったねえ、ディオン」

ディオンはエミールを睨みつけるものの、目元が赤いために威力はさほどでもない。フェリシアはふといいことに気づき、ディオンの胸元から少しずり上がった。

きらきらとした新緑色の瞳が、ディオンを見つめて言う。

「あのね、あのね。お母さまに教えてもらったの。好きな男の子とずっと一緒にいるには、結婚するのが一番いいんだって。だからディオン、大きくなったら結婚しようね！」

「……っ⁉」

ディオンは大きく目を見開いて、絶句する。フェリシアはディオンに抱きついたまま離れず、自分の宣言が揺るぎない未来になることを信じていた。

ただ、幼いフェリシアにはまだよくわからないことがある。

「でもねぇ、ディオン？　結婚ってなぁに？」

「……知らないで言ってるのかよ……」

ディオンの言葉に、フェリシアは小首を傾げる。自分が変なことを言ったとは、思っていない。

対してディオンの方は、額を片手で押さえてどこか疲れたようなため息をついている。

「ディオン、ディオン。私と結婚するの、嫌なの？」

ディオンの表情が困ったようなものに見えるから、フェリシアは泣きそうな顔になって尋ねてしまう。ディオンは額を押さえていた手をフェリシアの金髪へと移動して、柔らかなそれを撫でた。

「嫌、というわけじゃないですよ」

「じゃあ、私のこと、好きなのね⁉　そうよねっ⁉」

「……それは……」

ディオンが苦笑して、口を噤む。

ディオンから漂う優しい空気からは自分への好意が感じられて、フェリシアは満面の笑顔になる。そしてディオンの胸に額を擦りつけるように顔を寄せた。

そんな愛娘の様子に、王妃が小さく声を立てて笑う。

「あらあら、まあまあ……フェリシアったら。本当にディオンが大好きなのね」

「うんっ、大好きっ」

即座に答えたフェリシアに、ディオンはどう答えるべきかを迷う。フェリシアの夫候補として、自分が組み込まれることは充分に承知しているからだ。

「ねえ、ディオンはどうなの？　フェリシアはあなたが気に入っているみたい。この子を妻にするつもりはあるのかしら？」

ディオンはばったりと後頭部を敷き布の上に押しつけ、指先でこめかみを押し揉んだ。

「陛下がた……そういうことは、簡単に答えられるものではありません。俺の他にも、姫さまの夫候補はいるわけですし……」

ディオンはちらりとエミールを見やる。エミールはディオンの視線に気づいて、にっこり笑い返した。

「ディオンが断るならば、姫さまの結婚相手は僕になるのかな。僕は姫さまと一緒にいられるのはとっても嬉しいなぁ」

「あら、じゃあディオンは、フェリシアがあなた以外の妻になってしまってもいいと言うの？」

途端にフェリシアは泣きそうな顔になって、ぶんぶん勢いよく首を振る。そしてディオンの胸元に顔を押しつけながら、叫んだ。

「……エミールも好きだけど、私はディオンがいいのっ。ディオンじゃなきゃ、やっ‼」

「ほら、ディオン。フェリシアもこう言っているぞ？」

「まあ、困ったわ……。ディオン、私の可愛い娘をあなたはこんなふうに泣かせてしまうの？」

「ディオンって結構ひどい男だね。姫さま、可哀相に」

エミールと国王夫婦はまるで申し合わせたように、とても楽しげに笑いながら次々と言ってくる。気圧(けお)されるような様子にディオンは観念したあと――フェリシアのフワフワした金髪を撫でながら、くすぐったそうに微笑んだ。

「そうですね。姫さまが大きくなってもその気持ちが変わらないのでしたら――結婚しましょう」

「そうしたら、ディオンとずうぅっと一緒にいられるんだよね!? ディオンはずっと私と一緒にいてくれるんだよね!?」

「そうですね。姫さまがそれを望み続けてくれるなら、ですよ」

ずっと傍(そば)にいてくれる？　と問いかければ、ディオンは頷(うなず)いてくれた。幼(おさな)い頃は、それでよかった。ディオンが傍にいてくれるだけで嬉しかった。

それに満足できなくなってきたのは、いつからだったろう。

ディオンは今も変わらずに、自分の傍付きとして、傍にいてくれる。フェリシアが望めば、本当に一生傍にいてくれるだろう。彼は夫候補として一番の有力候補者でもあるのだから。

それがディオンの仕事で、役目だから。

(――幼い頃は、自分が口にした未来は全部叶うものだと思っていたわ。……大人になるにつれて、そんなことはないってわかってくるけど)

閉じていた瞳を、そっと開く。丸テーブル上の置き時計の長針は、五分間だけ動いていた。

この間の記憶がないのは、間違いなくうたた寝をしてしまったからだろう。教師役であるエミールの声が男性の割には柔らかく穏やかで耳に心地よいのがいけないと、フェリシアはつい責任転嫁してしまう。

王女宮の南側はサンルームのようになっており、フェリシアの勉強部屋になっている。このラヴァンディエ王国の次期後継者として、フェリシアはここで王女教育を受けていた。

本日のこの時間は、歴史学だ。ラヴァンディエ王国の成り立ちから現状、周辺諸国との交流状況などを中心に、分厚い書物の解説を受けている。

サンルームには、ふんだんに清々しい太陽の光が入り込んでいる。まだ春を迎えたばかりでもあり、外はときおり悪戯な風に冷気が含まれることもあるが、ここはポカポカと暖かい。

加えて昼食後だ。満腹感が睡魔を連れてきて、フェリシアの瞳を再び閉じさせようとする。満腹でなくとも眠気がやってくるような内容なのもいけない。

(駄目、駄目よ！　ちゃんとしっかり授業を受けないと！)

現ラヴァンディエ国王リオネルには、王女であるフェリシアしか子供がいない。つまりは自分が伴侶とともにこの国を背負い、導いていくのだ。王女教育の授業の最中にうたた寝など、弛んでいる。それに、授業してくれている教師たちにも悪い。

フェリシアは落ちてしまいそうになる瞼を必死で支える。欠伸も嚙み殺そうとしていたのだが、ついに我慢できずに唇から溢れてしまった。小さなそれを、エミールは見逃さない。

分厚い歴史書を開いたまま、エミールがフェリシアを見る。緑の瞳に無言のまま見つめられて、フェリシアは身を縮めた。

「ご、ごめんなさい……」

「いいえ、大丈夫ですよ」

エミールは怒った様子は見せず、柔らかく気遣うような笑みを見せてくれる。だがそれにホッとするのもつかの間だった。

「まあ、この陽気と昼食後という時間帯を考えれば仕方ないことです。ですが今の僕は姫さまの教師ですから、見逃すわけにはまいりません」

「エ、エミール……？」

五つ歳上ではあるが童顔と優しい仕草が同じ歳のように思えて、フェリシアは彼に友人のような感覚を抱いている。なのに今のエミールは優しく穏やかな笑みを浮かべながらも、背筋がゾッとするような不穏なものを感じさせるのだ。

この顔になると、まずい。過去の経験が、フェリシアに警告を与えてくる。

「あ、あの、エミール……その、ごめんなさい。あなたの授業が退屈というわけではなくて

「……」

エミールはぱたんと音を立てて歴史書を閉じると、笑顔をわずかも崩(くず)すことなく続けた。

「僕が授業に使用しているこの歴史書は、王室が認定した我がシャルリエ家の智(ち)の結晶です。おわかりですね？」

「え、ええ……」

確かにその通りだ。フェリシアは気圧されるようにしながらも頷く。

「姫さまにはこちらをよく読み込んで欲しいと、お願いしてまいりました。よく読み込むということは、そらんじることができるということ。姫さま、我が国ラヴァンディエ王国の成り立ちについて、この歴史書ではどのように記されているのか、僕にお教えください。一言一句間違えずに」

「……ええ!?」

予想もしていなかった仕置きに、フェリシアは目を剝(む)いてしまう。だがエミールはそんなフェリシアに、変わらずニコニコと笑いかけるだけだ。笑顔自体はとても人の良さそうなものに見えるのだから詐欺(さぎ)だと叫びたくなる。

フェリシアは抜き打ち試験のようになってしまった現状に、必死になった。ここで失敗したらどのような罰(ばつ)が与えられるのか、これまでの経験から考えたくはない。

「え、えっと……我がラヴァンディエ王国は、創生神アロイスからこの世界を任されて建国された。創生神の娘がこの地に降り立ち、王国建国に最も貢献した青年を夫とし、彼を王として政治体制を築いた」

今のところ間違いはないらしく、エミールは軽く目を閉じてフェリシアの言葉に耳を傾けている。フェリシアは心に力を得て、続きを一気に口にした。

「創生神の娘が下界を去ったあと、ラヴァンディエ王族より分かたれた三つの家がそれぞれに秀でた分野を担い、王を支えるようになる。すなわちそれは、武のカルメル家、智のシャルリエ家、神道のディフォール家」

フェリシアが言葉を切って顔を向けると、エミールは満足げに頷いた。

「はい、正解です。では、現在我が国と同盟を結んでいるローズレンフィールド国第一王子のご留学先は？」

「……え？」

これは予想もしていなかった角度からの質問だった。最近の情報すぎて、すぐには思いつかない。いやそもそもその情報は、自分の耳に入っていただろうか!?

ラヴァンディエ王国次期後継者として、周辺諸国の時事には敏感でなければならない――智のシャルリエ家からそう教えられているし、フェリシアもその通りだと思って自分なりに気をつけている。だがこの情報は、いくら記憶の中を探しても欠片も出てこなかった。

「え……っと、あの……」

頭の中が恐慌(きょうこう)状態になり、フェリシアは口ごもってしまう。そんなフェリシアの背後でノックがしたのはそのときだった。

エミールが入室許可の声を上げると、そこから長身の青年が颯爽(さっそう)と入ってきた。

「邪魔するぞ、エミール。そろそろ休憩にした方がいいんじゃないか？　姫さまが眠くなってくる頃だろう？」

砕(くだ)けた物言いでこちらに歩み寄ってきた青年は、夕焼けの色合いそのままの赤い髪と意思の強さを感じさせる薄紫(うすむらさき)色の瞳を持っていた。幼馴染(おさななじみ)のように一緒にいたためフェリシアの記憶の中で彼が纏(まと)う色彩は昔とまったく変わっていなかったが、身体の方はずいぶん変化している。

——ディオン・カルメル。フェリシアよりも五つ歳上で、武のカルメル家御曹司だ。代々のカルメル家が王家の護りを担っていることもあり、今は護衛団の団長として手腕を発揮している。

背の高さは自分とさほど変わらなかったはずなのに、今では自分の頭は彼の胸元あたりだ。武のカルメル家子息に相応(ふさわ)しく剣技を磨いているためか、身体つきも逞(たくま)しくなった。それでも傍に寄られて圧迫感を感じないのは、彼の身体が均整が取れていて、しなやかな獣(けもの)を連想させるからだろう。

顔立ちも、異性ならば誰もが見惚(みと)れてしまいそうなほどに整っている。すっとした鼻梁(びりょう)、武人らしくいつもは真っ直ぐに引き結ばれた薄い唇、精悍な頬に切れ長の瞳——舞踏会や茶会などでは、貴族の令嬢たちがディオンの姿を一目見ようと画策しているのを何度も見ている。見慣れているはずのフェリシアですら、時折見惚れてしまうほどだ。

(そ、それにここ数年は本当に素敵になってきて……時々どこを見たらいいのかわからなくなるわ……)

その理由はきっと、彼に向かう幼い恋心が今もずっと続き——それどころか膨らむ一方だからだろう。

加えて、堂々とした様子も備わってきている。まだ家督を継いではいないが、政に関わること以外は父親から任されつつあるからだろう。実際、護衛団の運営と管理はすでにディオンがほとんど担っていた。

同時に、国王リオネルからの信頼も厚い。彼が十三歳の頃、辺境蛮族が攻め入ってこようとしたときの討伐の際に同行して父親との連携で次々と蛮族を倒し、まだ少年ながらもその剣技に周囲が感嘆したという武勇伝がある。

あのときはその武勇伝がディオンたちが戻ってくる前に国に届き、国民たちは有望な若きカルメル家御曹司を歓声を上げて出迎えた。だがまだ幼かったフェリシアは、戦いの際に傷ついたわずかな頬の傷に驚いて死んでしまうかと思い、帰ってきたディオンにすぐさま抱きついて泣きじゃくってしまったのだ。そのあとエミールとディオンに宥めてもらい何とか泣きやんだものの、治療の最中ずっと傍にいなければ気がおさまらず、付き添ってしまったほどだった。フェリシアにとってはいくつも作り上げてきたディオンたちとの大切な思い出の一つだ。

王家から分かたれた三家は、王家に忠誠を尽くす。基本的に王の側近はこの三家の当主から成っている。

フェリシアと歳が近いのは今代においてはディオンとエミールで、二人は幼い頃から仕えてくれ、幼なじみのように一緒にいてくれていた。兄弟や歳の近い親族がいないフェリシアにとって、二人はよき遊び相手であり家族の一員のようだった。

その中で特にフェリシアが懐いたのは優しく穏やかな笑みをいつも絶やさないエミールではなく、少々面倒くさそうにしながらも何かと兄のように世話をして手を差し伸べてくれるディオンだった。幼い頃はディオンが遊びにくると雛鳥のようにちょこまかと時間が許す限りまとわりつき、一緒にいられることを喜んだ。けれど年頃になってからは、ディオンが異性の目を集めることに強い嫉妬を覚えるようになった。

自分だけを見て欲しい。いつも自分の傍にいて欲しい。それが恋だと自覚してから、フェリシアは大事にその想いを育んで来たのである。

（ディオンの方は、妹程度にしか思ってないかもしれないけど……）

『ずっと一緒にいてくれる？』――『ああ、傍にいる』

母親が亡くなったときも、ディオンは泣きじゃくる自分を柔らかく抱きしめてそう言ってくれた。優しいぬくもりが喪われてしまったことに幼い心は縋るものを求めていて、ディオンはその気持ちに応えて約束してくれた。

そしてディオンはあのときの約束通り、フェリシアの傍にいてくれる。交わした言葉は、ディオンにとっては単なる仕事としてのものかもしれないが。

大切にされていることはわかる。だがそれが仕える主としてなのか、一人の女性としてなのか――フェリシアにはよくわからない。いや、おそらくは手間のかかる妹のようにしか思っていないだろう。

「あー……疲れた。最近の父上は、俺のことをこき使いすぎだ……」

「何かあったの？」

フェリシアが問いかけるとディオンはこちらに近づきながら苦笑する。

「出かける前に、護衛団関連の書類作成を頼まれた」

言ってディオンはフェリシアの頭に手を置く。そして掌で髪の感触を確かめるように、丸く撫で始めた。

頭を撫で、ふわふわの金髪の曲線を確かめるように指先を滑らせる。髪の滑らかな感触を楽しむように、ディオンはただフェリシアの髪を撫でる。……いつものことなので、特にフェリシアは反論しない。

「……あー……癒されるな……」

「……ディオンって変よ……」

疲れたとき、ディオンはこうやってフェリシアの髪や頬を触ってくる。もちろんそれは、幼馴染の三人でいるときだけだ。まだディオンを兄のように慕っていた頃、フェリシアは彼のぬくもりを求めてよく抱きついていた。その名残りらしい。

「変じゃないぞ。こうしてると俺の心が和む」

「まあ、姫さまが嫌じゃないんだったら付き合ってあげてください。ディオンは姫さまのことをとても可愛がっているようなので」

(それは、妹みたいにってこと……？)

ディオンがうんうんと頷いた。

「俺、兄弟とかがいないしな。妹がいたら姫さまみたいな子がいい」

「……あ、ありが、とう……」

(ディオンの、妹。それでもいいって思えないのは……私の嫌なところだわ……)

ディオンが傍にいてくれるなら、妹代わりでも護衛の仕事でも何でもいいはずだ。それ以上を求めるなら、ディオンに自分への気持ちをはっきりと聞けばいいのに——まだ、怖くてできない。

ディオンの指がフェリシアの髪から離れた。その指先が一瞬耳の後ろに触れて、どきりとする。

どこか艶めいた仕草に感じられるが、フェリシアは内心で慌てて首を振った。

（ち、違うわ。これはディオンが私のことを妹みたいに思っているからで……！）

「ありがとう、姫さま。癒された」

「う、ううん。たいしたことではないし」

「本当なら昔みたいに姫さまを人形みたいに膝の上に抱いて可愛がれたらいいんだけどな。さすがにもう無理か」

フェリシアは顔を赤くする。

幼い頃のフェリシアは、ディオンの膝の上に座るのが大好きだった。何だかんだと面倒を見てくれるディオンの一番近くが、その場所だったからだ。

エミールが呆れたように言う。

「頼むから、その頃と同じことをしないでね。いくらディオンが夫候補だってわかってても、不埒なことを！　って怒られるから」

「色々と面倒になったよな……」

顔を顰めてディオンは頷く。面倒、という言葉に、フェリシアの胸が小さく痛んだ。

年頃になると、幼い頃のように気軽には触れ合えない。ディオンはフェリシアを猫可愛がりしているところがあるため、現状に不満があるのだろう。

（つまりそれは、私と男女の仲にはなりたくないということ……？）

考えると、ますます落ち込んでしまいそうになる。知らず暗い表情になってしまったフェリシアの顔を、ディオンが心配そうに覗き込んできた。

「何だ、姫さま。どうかしたのか？」

「う、ううん、何でもないわ！　そ、それより、それは何？」

ディオンの手にある紙袋を、フェリシアは指さす。

「こっちに来る途中で姫さまが好きそうな感じがしたから、買ってみた。差し入れだ」

ディオンは手土産を紙袋から取り出し、テーブルに広げていった。

一口で食べられる小さなチョコレートの詰め合わせだ。そのチョコレートの形は様々で、花はもちろんのこと、妖精やテディベアなどを模したものもある。目で見ているだけでも可愛らしく、フェリシアは思わず歓声を上げた。

「とっても可愛いわ！　食べるのがもったいないくらい！　ああ、どれから食べようかしら……」

眠気もエミールへの慄きも綺麗に吹き飛んで、フェリシアは嬉しげにチョコレートの選別を始める。何よりもこれは、ディオンからの差し入れだ。それだけで堪らなく嬉しい。

「あ、お茶の用意を……」

「途中で会った召使いに頼んでおいたから大丈夫だ。ほら、座れ。はしゃいで椅子が倒れて怪我でもしたらどうするんだ」

　幼い頃の汚点の一つをさらりと口にされて、フェリシアは真っ赤になる。そしてできうる限り優雅に美しい仕草で、椅子に座った。

「そ、それは昔のことでしょう？　今はもうそんな粗相はしないわ。……む、昔のことを何かにつけて言うのは、気遣いが足りないと思うわ」

「けどそれは、俺たちだけが知ってることだろう？　これはなかなか優越感があるから、やめられないんだ」

　ドキン、と鼓動が小さく跳ねる。それはまるで三人だけしか知らない思い出があることを、自慢に思っているようではないか。

「ああ、あとこれも」

　小箱はもう一つあって、それには苺のミルフィーユが入っていた。

シロップがけされた苺が、陽光を受けてキラキラ輝いている。生クリームとカスタードクリーム、そして薄いパイ生地が見事に重なりあっていて、とても美味しそうだ。

可愛いお菓子は甘いものを好物とするフェリシアの中でも、最高位に位置する。フェリシアの笑顔は子供のときのそれと変わらずに満面のものになった。

「嬉しい……！　ありがとう、ディオン！」

その笑顔で礼を言えば、ディオンも満足げな笑みを浮かべて頷いた。

チョコレートとミルフィーユ、どちらを先に食べるべきだろうと、フェリシアは顎先を軽く摘まんで真剣に考え込んでしまう。そのため、ディオンとエミールの会話は耳に入ってこない。

「ねえ、これ、ディオンが自分で店に入って買ってきたんだよね？」

「ああ。王城までは馬で一人で来たからな。それがどうした？」

「別にどうもしないよ。ただ、どんな顔して買ってきたのかなって思っただけ。こういうお菓子を売っているお店って、すっごく女の子好みの可愛いお店でしょ？」

「まあ、そうだな。けど普通に買ってこれたぞ。……お前の言っている意味がわからない」

「……ほんとにディオンって姫さまに甘いよね……」

再びノックがして、召使いたちが茶の用意をしてくれる。フェリシアはその準備が終わったあと、ようやくどれを食べるのかを決めて言った。

「ミルフィーユをいただくわ！　チョコレートは明日のお茶請けにしていい？」

「姫さまへの差し入れなんだから、姫さまが好きにしていいんだ」

「ありがとう！」

ディオンはフェリシアの隣に座ると、カップを口に運びながら問いかけた。

「で、抜き打ち試験はどうだったんだ？」

ミルフィーユを口に運んでいたフェリシアは、ディオンの抜け目なさに言葉を詰まらせる。

「な、何でそれを……っ」

「さっきノックをする前に少し聞こえてきたんだ」

エミールが笑った。

「時事問題で躓いたところだよ」

「……ごめんなさい」

王女たる者、同盟国の情報にはそれなりに通じていなければいけない。国家間の交流の場で知らない情報は少ないに越したことはないのだ。

しょんぼりと肩を落としフォークを止めてしまったフェリシアに、ディオンが問題の内容を聞いてくる。教えると、ディオンは小さく嘆息した。

「ああ……それは姫さまが知らなくても仕方ないだろうな。王子がご留学されたのは一昨日だぞ。大々的な見送りパーティでも行われない限り、国民たちも知らない者がいるかもしれない」

「そういうパーティはしないよね、あの国は。ローズレンフィールドのダリウス国王は無駄な出費を一番嫌がるって有名だし。知ってる？　あんなにお金持ちで大国なのに、自分の結婚式だって必要なだけにしたくらいの節約家なんだよ」

「まあ、節約もあまり行きすぎると諸国に示しがつかないかもしれないが、その根本的な考えは見習うべきところだろうな。金をかければかけるほど、民に負担がかかる。民の血税は正しいところに使うべきだからな」

ディオンたちの会話に、フェリシアはぽかん……としてしまう。そんな直近の情報を、ディオンも知っているとは。

「ず、ずるいわ、ディオン。エミールから聞いていたの？」

「いや、俺の情報網だ。一応俺も姫さまの夫候補なわけだから、後々（のちのち）のことを考えても作っておいた方がいいと思ってな」

「結構早くから作り始めてたよね」

「……え……」

さらに教えてもらった事実に、フェリシアは驚く。智のシャルリエ家のエミールならば納得できるが、武を専門に担っているディオンにもそういうものがあるとは意外だった。

フェリシアの表情を見返して、ディオンが苦笑する。

「姫さま……なんだ、その顔は」

「あ……ご、ごめんなさい。ディオンの口から情報網なんて言葉が出るなんて、何だか意外に思えたから」

それぞれが背負う家の役目を考えると、どうにもディオンからはイメージしづらい。思わず素直に言ってしまうと、今度は少し仏頂面（ぶっちょうづら）になった。

「姫さまは、いったい俺をどう思ってるんだ……？　剣にしか能のない、単なる筋肉馬鹿だとでも？」

「そ、そういうわけじゃないわ！　ディオンは誰よりも素敵よ！」

恋心ゆえに無自覚に言ってしまうと、ディオンが少々驚いたようにこちらを見返してきた。

フェリシアは自分の言ったことにハッと我に返り、視線を泳がせてしまいながら続ける。

「そ、その……この間のパーティでもディオンのことを見てるご令嬢方が多かったし……！　ディオンって実際に人気みたい、だし……」

言っているうちに、何だか不安になってくる。

自分がラヴァンディエ王国の王女でなければ、ディオンには見向きもされなかったのではないだろうか。自分には伝えていないだけで、もしかしたら恋人などがいるのではないか。

「確かにディオンはご令嬢方に人気ですけど、浮いた話は一つもないヘタレだと思いますから大丈夫ですよ、姫さま」

「……おい待て。何だそれは！」

エミールの言葉に、ディオンはクワッと牙を剥く勢いで反論する。フェリシアは思わずディオンに真面目な顔で問いかけた。

「それは本当？」

ディオンには、恋人がいないのだろうか。

確かに異性との噂は聞いたことがないが、フェリシアを守る側として隠しているだけかもしれない。これを機に聞きたくなるのが、乙女心だ。

フェリシアは無意識のうちにディオンの瞳を覗き込むようにして、問いかけている。声にも必死さが含まれてしまっていることに、気づけていない。

「ディオンには、こ、恋人って……いない、の……？」

ディオンの薄紫色の瞳が、驚いたように見開かれる。それからすぐに、少しからかうように唇の端(はし)をつり上げた。

「気になるのか？」

その通りなのだが素直に認めるのは恥ずかしい。フェリシアはあれこれともっともらしい理由を考えて、口にする。

「こ、恋人がいたら、あまりディオンの時間を占領するのは申し訳ないと思ったの」

「……俺は姫さまの夫候補の一人だぞ。姫さま以外の女にうつつを抜かしていたら、陛下に殺される」

では、恋人と呼ぶ相手はいないのか。フェリシアはホッとするのと同時に、今の言葉に小さな胸の痛みも覚えてしまう。

(だって今の言い方……夫候補だから他の女の人に興味を持つことを許されないって感じで……)

自分がいなければ、ディオンはもっと自由に恋愛ができる、ということだ。

（やっぱりディオンは、私のことは単なる役目とだけしか思っていないんじゃ……）

「ディオンは頭脳よりも剣の方が得意ですし、姫さまにそう思われても仕方ありませんね。そもそもディオンに姫さま以外の女性との噂なんて、立つわけがありません。そんな甲斐性はディオンにはありませんよ」

エミールの助言は、あまり効果があるとは思えなかった。さらに不機嫌な顔になってしまったディオンに、フェリシアは身を縮こませる。

ディオンを怒らせてしまうつもりはなかったのに、気遣いの足りない言葉を口にしてしまったのは自分だ。さきほど同じ理由で彼を窘めたばかりだというのに、情けない。

「ご、ごめんなさい、ディオン。私、そんなつもりはなくて……」

幼馴染のように過ごしてきた気心の知れている相手だから、自分が知りたい情報だったから、とは理由にならない。しょんぼりとミルフィーユを食べていると、ふいにディオンが身を寄せてきた。

「姫さま」

低い声で呼ばれ、そこに何だか不思議な甘さを感じてしまいドキリとする。返事をしようとそちらを向くと、ディオンの端正な顔が視界いっぱいに広がった。

「ついてる」

短く言って、ディオンがフェリシアの口端に指を伸ばした。何を、と驚いて目を見開くと、ディオンは唇の端をゆっくりと拭ってくる。

(な……に?)

剣を操る指は骨張っていて、指先も自分とは違って固い。それが触れることに、身体が硬直する。

「まったく……いつまで経っても目が離せない子供みたいだ。そこも可愛いから許すけどな」

拭った指先には、白いクリームが乗っている。ディオンは少し身体を離すと、それをフェリシアに見せつけるように舐め取った。

妙に艶っぽい仕草にフェリシアの初心な心は痛いほどに跳ね上がり、顔が真っ赤になる。ガタン、と立ち上がり損ねて身を揺らしてしまいながら、フェリシアは叫んだ。いくら妹扱いされていたとしても、これは少し違うような気がする!

「な、何をするの!?」

「何って口が汚れてた。ちゃんと食べられないのがいけないんだろう?」

しれっとした態度で当たり前のように言われると、そうなのだろうかと納得してしまいそうになる。フェリシアはなるべく平静を装いながら、ミルフィーユの続きに向かった。

「そ、そそそれはどうもありがとう」

礼を言うのも何だかおかしいような気がしたが、気遣ってもらったことは間違いない。フエリシアの素直すぎる反応に、ディオンはひどく真面目な表情で言った。

「なあ、姫さま。こういうことは俺だけにしかさせないでくれよ？　エミールでも、駄目だ」

言い聞かせるような口調に、少しばかり反感を抱いてしまう。ディオンの中で自分はいつまで経っても子供と変わらないと言われているようだ。

「そもそもこんなやり方をするのは、ディオンくらいよ！　私はいつまでも小さな子供ではないのよ！」

こんな子供のような粗相をしてしまったのは自分だが、だったらクリームがついている位置を教えてくれればいいだけだ。そうしたら、自分でナプキンで拭うことができると反論する。

「子供……か。姫さまは、そう思ってるんだな……」

嘆息しながらのディオンの独白に近い言葉に、フェリシアは眉根を寄せる。何もわかっていない、と言われているようで、心配になる。

「私、何かおかしなことを言ってしまった……？」

「いいや、別に何も。姫さまがご自分のことをよくわかっていないようだから、俺が勝手に心配になっているだけだ」

「教えて。ちゃんと直すから」

ディオンがこれだけ渋い顔をするのだ、きちんと直さなければ王女としてはいけないのだろうとフェリシアは生真面目に考えてしまう。そんなフェリシアの真剣な表情を見返して、ディオンがもう一つ深いため息をついた。

「……これは自分が食べ頃になってるんだってこと、わかってないな。今さら他のヤツにかっ攫われるなんて冗談じゃないぞ」

「ディオン？」

「……何でもない。とにかく、俺以外のヤツにこういうことをさせなければ大丈夫だ」

ディオンが改めて手を伸ばし、フェリシアの頭を撫でてくる。納得できないものを感じながらもフェリシアは頷いた。そもそもこんなふうに親しげに触れることを許しているのは、ディオンとエミールだけだ。

(もし、他の男の人にこんなことをされたら……)

他の男、というのを具体的に思い浮かべることができなかったため、ひとまず先日のパーティで相手をした貴族青年たちの姿を思い浮かべる。彼らに、ディオンと同じようなことをされたら……。

「……っ」

ただの想像だったのに、背筋がゾクリと震えて嫌悪感がせり上がってくる。フェリシアはフルフルと首を振った。

ディオンとエミールがその仕草にすぐに気づき、心配そうに問いかけてくる。

「どうしたんですか、姫さま」

「大丈夫か？」

二人揃って異口同音に自分の身を案じてくれる言葉を貰えて、嬉しい。フェリシアは慌てて笑い返し、首を振った。

「な、何でもないわ。ミルフィーユがとっても美味しくて、身震いしてしまっただけよ」

「……本当だな？」

嘘偽りを決して許さないとでもいうように、ディオンが瞳を強く見据えてくる。大型獣に睨まれているような感覚を覚えながらも、フェリシアは笑顔を崩さずに頷いた。

完全に納得したわけではなさそうだったが、ディオンはひとまずそれ以上の追及をするつもりはないようだ。無言で茶を飲む姿をちらりと見やって、エミールが困ったように苦笑した。

「とりあえずごちそうさま、ということでしょうかね」

「うるさい。黙って食え」

茶の時間を終えるつもりなのかと思ったが、そうではないらしい。ディオンとエミールは変わらずに茶を楽しんでいる。何だか自分一人が取り残されたような感じがして、フェリシアは少し寂しく思いながら、さきほどディオンに触れられたところを指先で押さえた。

ディオンのぬくもりを思い出すと恥ずかしく居た堪れないのに、嬉しい。フェリシアは次にまた同じことをされないよう、慎重にフォークを動かした。

しばらく他愛もない話をしていたフェリシアは、ケーキを食べ終えた頃にふといいことを思いつく。このチョコレートを取り分けて、父親に差し入れるのはどうだろう。

（最近のお父さま……休みがちになられているし……）

父親である国王リオネルは最近体調が優れないらしく、自室で休む時間が多くなっている。倦怠感と疲労感に悩まされているのだが、医師の話によると原因はよくわからないとのことだった。

母親を幼い頃に亡くしたフェリシアにしてみれば、こんなに早く父親をも病で喪うのは辛い。そもそもリオネルは壮年とは言え生命力に満ち、次の王妃を迎えてフェリシア以外の直系の血筋を残すよう、一部の貴族からは言われていたほどだ。年齢的にもまだ隠居するには早い。

その彼が、今は原因不明の倦怠感に悩まされている。

今日も午前中の執務を早めに切り上げて自室に戻ったと聞いている。授業が終わったら父親の様子を見に行くつもりだった。召使いたちの話によれば、今はよく眠っているということだったから少しは安心なのだが。

（食べられないかもしれないけど……可愛いものを見て元気になってもらえるといいし）

医学の知識がないため、そちらの方面ではまったく役に立つことができないのが歯がゆい。てっきりチョコレートにも手を出すと思っていたフェリシアが小箱の蓋(ふた)を閉めたことに、ディオンは軽く眉根を寄せる。

「なんだ、食べないのか?」

「もちろん、美味しくいただくわ! ……でもこれは、お父さまと一緒に食べようと思ったの」

「陛下と……」

フェリシアの言葉で、ディオンとエミールは神妙な顔になる。リオネルの体調不良が続いていることに関しては、彼らももちろん知っていた。

「そうか……姫さまと一緒にこんなふうにお茶をしたら、陛下もきっとすぐに元気になるさ」

言いながらディオンが頭を軽く撫でてくる。何だか子供扱いされているようで少し悔(くや)しかったが、気遣ってもらえていることがわかって嬉しい。

「ええ、そうね。ありがとう、ディオン」

満面の笑みを浮かべて、フェリシアは礼を言う。ディオンはそれを、どこか眩しげに瞳を細めて見返した。

「ですが……陛下の不調、長く続いているように僕には思えます」

エミールがカップを置き、神妙な顔のままで言ってきた。ディオンも頷く。

「ああ、そうだな。もう一ヶ月くらいか……？」

「お医者さまにはちゃんと診てもらっているのよ。お薬も処方してもらってるし……でもなかなか良くならなくて……」

「医者、ね……」

ディオンが含みを持った声で呟く。何か不満に思うところでもあるのだろうか。

ディオンはエミールへと目を向けた。

「王宮付医師が無能なんじゃないか？」

「そういうことはないと思うけどね。フェルナン殿のお知り合いでもあるし、ファージム学院卒の人だし。無能な医者を王宮付にするわけないでしょ」

ラヴァンディエ王国の宗教面の一切を担う神道のディフォール家当主フェルナンは、三家の中で一番若い当主となる。とはいってもディオンたちの父親よりも若いというだけで、フェリシアよりは一回り以上も歳上だ。

フェルナンはまだ結婚しておらず、後継ぎがいない。噂によるとちゃんと恋人がいるらしいが、彼女はディフォール家に妻として迎え入れられていないらしい。妻にするには問題のある身分なのかもしれない。

血を続けさせるためには身分の釣り合いももちろん大事だ。けれど本当に想い合っているのならば、それを無理矢理引き裂くことはないと思う。もしフェルナンが恋人をちゃんと妻にしたいと国王に相談するのならば、リオネルも良い方法を考えてくれるだろうと思うのだが、今のところその申し出は上がってきていなかった。

フェルナンは、少し苦手な存在だ。子供が嫌いらしく、幼い頃はフェリシアと必要以上に関わりを持とうとしなかった。

そして今は――。

(……いけない。変なふうに考えてはいけないわ。仮にも三家の長の一人なのだから)

ディオンが思案げに顎先を指で軽く撫でながら言う。

「陛下が体調を崩されてから一ヶ月…それでもあまり芳しくないってのが気になる」

「……お父さまのお身体が、そんなに悪くなっているということなのかしら……」

元気なときには実に精力的にすべてをこなしている。フェリシアとともに乗馬も狩りもしてくれる。だがひとたび倦怠感がやってくると、立っているのも億劫になるほどのようだった。

フェリシアがこれまで見たことのある病気とは、まったく異なっている。だからこそ、心配も強くなる。母親と同じように父親までも逝ってしまうのは、早すぎる。この国にはまだまだリオネルが必要だ。

それに、もしリオネルが逝去したら自分がこの国を継がなければならない。後継者としてフェリシアはしきたりに従い、三家の中から夫を選ぶ。今、有力候補として上がっているのは、年頃も近く能力も秀でているディオン、そしてエミールだ。

（二人のうちどちらかを夫として、ラヴァンディエ王国の王として選ぶ）

心は、ディオンに傾いている。その贔屓目を除いたとしても、ディオンは国王としての器を持っていると、フェリシアは思っている。

護衛団の次期隊長としての働きは、上に立つ者として必要なものを持っていることへの示しになっていた。リオネルも、フェリシアがディオンを選ぶことに何の問題もないと言ってくれるだろう。

（でも、ディオンはそれでいいのかしら……役目だけで、私の傍に一生仕えることになって……）

仕える、という言葉に、フェリシアは内心で眉根を寄せる。

自分に向けての想いがなければ、ディオンにとってそれは仕事でしかない。仕事でディオンの一生を縛るのは、果たして良いことなのだろうか。それは、エミールにも言えることだが。

（二人のうち、どちらかを選ぶ……これは、ちゃんと考えてしなければならないことだわ）

「俺たちもいい医師を探してる。そんなにしょんぼりしてると、陛下が姫さまに何かあったと心配されて、良くなるものも良くならなくなるかもしれないぞ」

考え込んでしまったフェリシアに、ディオンが励ますように言ってくれる。

「そうね。お父さまも私が元気に笑っているのが好きって言ってくださるもの」

フェリシアは二人を安心させるように、改めて笑顔を浮かべる。ディオンはエミールとともに頷いた。

「……そういや最近、フェルナン殿とはあまり話してないな」

「僕も。まあ僕らは家督を継いでないから彼と話をするとなると、もっぱら父親たちになるけどね」

「姫さまはよく会うのか？」

世間話の一端とはいえ急にそんな話題が出てきたことに戸惑いながらも、フェリシアは素直に頷いた。

「ええ。最近はお父さまのご容態をよく見に来てくれているから……ただ、ちょっと……あ！」

相手がディオンとエミールだからこそ、フェリシアは最近のフェルナンに対するモヤモヤとした気持ちを口にしてしまいそうになる。だがすぐにハッと我に返り、慌てて首を振った。

「ごめんなさい。何でもないわ」

「姫さま」

即座にディオンがこちらに身を乗り出し、顔を覗き込んでくる。切れ長の薄紫の瞳が、フエリシアの誤魔化しをわずかも許さないというように鋭く見つめてきた。

「何か気になることがあるんだったら、話すんだ。ここには俺たちしかいないだろう?」

「べ、別に何も……」

「そうか。だったら姫さまがさっきよりもっと恥ずかしくなるようなことをしてやるか」

ニヤリと意地悪な笑みを浮かべて、ディオンがずいっと顔を近づけてくる。先ほどクリームを拭い取られたことを思い出し、フェリシアは真っ赤になってたじろいだ。

エミールが苦笑する。

「ディオン、それ、脅しだよ。姫さまにあれ以上って今度は何をするつもり?」

「正直に答えない姫さまが悪い。で、どうなんだ」

脅迫的な言葉も、自分を心配してくれるがゆえだ。それがとてもよくわかるから、フェリシアは観念して正直に答えてしまう。

「あの……気のせいかもしれないの。私の勘違いかもしれないんだけど……フェルナンが最近、なんだか怖くて」

「怖い?」

ディオンの瞳が、ますます強くなる。怒りを感じて、フェリシアはやはり言うべきではなかったかと後悔してしまいそうになった。

だがここまで言ってしまった以上、きちんと最後まで話さなければ許してもらえなさそうだ。

「怖いっていうか……気持ち悪い、っていうか……何だかフェルナンが私を見る目とか、すごく粘着質っぽい感じがして……触るときも、そういうのを感じて……」

最近、フェリシアがフェルナンに対して抱いているのは、それだ。子供の頃は一緒に遊んでくれることもなかったのに、この頃何かと理由をつけてはフェリシアに会いにやってくる。フェリシアが年頃になり夫を迎えることを意識し始めた頃合いからのように思えるのは、気のせいだろうか。

先日も庭で召使いとともに花を摘んでいたときに、会った。あのとき、フェルナンはフェリシアに笑いかけながら近づいてきて、話しかけてきた。さりげなさを装って、フェリシアの身に密着するように近づいてきたのが、気持ち悪かった。

召使いたちを上手い具合に追い払い、二人きりで庭で花を愛でながら世間話をする――ただそれだけのことが、フェリシアにとってはひどく苦痛だった。王女として三家の者に嫌悪感を抱くなどいけないと思っても、フェリシアを全身を吟味するようにねっとりと見つめてくる視線が、嫌だった。

フェリシアにとっては永遠とも思えるような短い世間話だったが、その後、フェルナンは頃合いを見計らって立ち去ってくれた。その際、フェリシアの手の甲に別れの挨拶のくちづけをしたのだが、くちづけながら上目遣いにこちらを見つめてきて――まるで、獲物を狙う野獣のようにこちらを見てきた。背筋がゾクリと震えるような感覚があって、どうにも気持ちが悪かった。

ディオンがテーブルに片手をついて、のめり込むようにこちらに身を乗り出してくる。

「おい待て、聞き捨てならないことがあるぞ。触るってなんだ。フェルナンがどうして姫さまに触ることがあるんだ」

ディオンの怒りが、さらに強まる。フェリシアが何かを答えるより早く、ディオンが続けた。

「フェルナンに何をされたんだ。こと細かく、俺に全部教えろ」

「……ディ、ディオン……」

背後に青白い炎がゆらりと立ち上がったような幻覚が見えたような気がして、フェリシアは身を震わせた。この様子だと何を言っても怒りの対象にしかならなさそうだ。

思わず、エミールに助けの目を向けてしまう。エミールが深くため息をついた。

「そりゃ、儀礼的な手のキスとか普通にあるでしょ。姫さまはこのラヴァンディエ王国の王女なんだから、そういうのを受けるのもお仕事のうちだし」

「……それ以上のことはされてないだろうな!?」

ギラリと睨むように見つめられながら言われて、フェリシアは激しく首を縦に振る。

「手、手の甲に、いつもの挨拶のキスだけよ」

「当たり前だ。それ以上は絶対にさせるな」

ディオンがまだ怒りをおさめきれずに乱暴な口調で言う。まるでフェルナンに嫉妬しているようにも見えるのだが、都合のいい解釈だろうか。

「ごめんなさい、変なことを言って。フェルナンの仕草は他から見たら普通のことなんだと思うし……」

思いたい、というのが正直な気持ちだったが、フェリシアはそれを飲み込む。ディオンがため息をついた。

「いや、姫さまがそう思うってことは何かしらがあるってことだろ。姫さま自身があいつに警戒してるってことだ。その気持ちは、信用していいと思う」

「僕もディオンと同じ意見だよ。一応気をつけておいて」

はっきりと確定もしていないことだったが二人にそう言ってもらえて、安心する。フェリシアは頷いた。

「何かあったらすぐに言えよ。俺でなくてもエミールでもいい」

「ええ、ありがとう、ディオン」

「で？　フェルナンにはどこにキスされたんだ」

「……ここ……」

「よし、貸せ」

言われるままに右手の甲を差し出すと、ディオンの掌(てのひら)がそっと受け止めた。大きな掌に包み込まれ、無骨(ぶこつ)な指がくちづけされた手の甲を感触を拭い取るように撫(な)でる。

大切にされているかのような仕草にドキンとした直後、ディオンが手の甲に唇を押しつけた。

「……っ!?」

唇で軽く吸い、舌先で丸く舐(な)める。挨拶のキスとは到底思えない官能的な仕草に、フェリシアは大きく目を見張り——耳まで真っ赤になった。

反射的に手を引っ込めようとしたものの、ディオンがそれを許さない。大して力を入れているようには思えないのに、ぴくりとも動かせなかった。

「……や……ディオン、何して……っ」

「黙ってろ」

一度軽く唇を離してそう言ったあと、再びディオンの唇が手の甲にくちづけた。舌が動く仕草にゾクゾクとするような不思議な心地よさがやってきて、フェリシアはそれを抑(おさ)えるために身を硬直させる。エミールは特に止めるつもりはないらしく、やれやれと呆れたため息をつくだけだ。

しばしディオンの好きなようにされ、ようやく彼がある程度満足したあと、手は離された。なのにディオンは不機嫌そうに呟く。

「消毒だ。またフェルナンに同じことをされたら教えろよ。何度だって消毒してやる」

（しょ、消毒って……!!）

「……ディオン、今日はそのくらいにしてあげて。姫さま、これ以上何かされたら失神しちゃうと思うから」

がっくりとテーブルの上に身を伏せてしまったフェリシアを見て、エミールが呆れながら言った。

ディオンはフェリシアの様子に、少し意地の悪い笑みを浮かべる。

「……ああ、そうか。姫さまはこういうことに慣れていないものな」

慣れるというよりは誰もディオンのようなことをしてこない、というのが正しい。とはいえ、よくわからないがとりあえず機嫌は少し治ったらしい。

フェリシアはディオンにくちづけられた手を、自分の胸に抱きしめた。

（これ……ただの挨拶のキスとは違うわ……）

ドキドキと鼓動が脈打っているのに、ディオンの方はいつもとまったく変わらない。エミールと他愛もない会話をしながら残りの茶を味わっている。

自分ばかりがときめいているようで悔しくなるのは、こちらの我儘（わがまま）だろうか。それとも、ディオンにはこうしたことに慣れているのだろうか。

「さて、俺は護衛団の方に顔を出してくる。勉強頑張（がんば）れよ、姫さま」

ぽんぽんと頭の上で掌を軽く弾ませながらディオンは言う。こちらに向けられる笑顔が素敵なのも反則だと、フェリシアは心の中で呟いた。

エミールの歴史の授業が終わると、作法やダンスの授業などが続く。年頃に――結婚してもおかしくない歳になってからは、それらの授業もぐんと増えて内容も濃くなっていた。頃合いが来たら、父から夫となる人物が知らされるようになるのだろう。

（ディオンかエミールのどちらかになると思うけど……二人のうちのどちらかを、夫にする……）

これまでにもラヴァンディエ王国の王女は、三家の誰かを夫にしていた。フェリシアもその慣例に倣うことになる。

母親を早くに亡くしたせいか、フェリシアは性のことに疎い。一応知識としては持っているのだが、その多くが恋愛小説によるもので夢見がちだ。それでも夫婦としての営みをぼんやりと考えるときは、相手はディオンになってしまう。

もしかしたらエミールが選ばれるかもしれないが、淡い初恋が実るかもしれない可能性があるのならば、それを叶えたいと思うのは乙女心としては当然だ。

（お父さまに相談してみたらどうかしら……）

今日の授業はすべて終わり、これからディオンが差し入れてくれたチョコレートを持って父親の見舞いに行くところだ。もしそういう話ができるようなら、話をしてみるのはどうだろう？　慣例に則った夫候補の中で希望を言うのだから、よほどのことがない限りリオネルも反対したりはしないだろう。

自分の望みが叶う可能性に思わず顔を輝かせてしまったフェリシアだったが、すぐに首を振る。

（……ううん、それは駄目だわ。王女としての特権を使っているのと同じよね。それは狡い方法だわ……）

自分のことしか考えていない方法だと、フェリシアは自身を戒める。

自分は良くても、ディオンも同じ気持ちだとは限らない。もし、他に想う人がいるのならば――いや、想う相手がいなかったとしても自分に興味がなかったとしたら、役割で縛りつけるようなことはできるだけしないようにしなければならない。

だがこれまでのディオンが自分に与えてくれる優しさを考えると、少しは好意を抱いてくれているようにも思える。優しくて、頼りがいがあって、少し――いや、かなり心配性で。

幼い頃からずっと見守って傍にいてくれるのは、それが彼にとっての『仕事』だからなのか。

（ディオンは役目のためだけに、私と一緒にいてくれるのかしら……）

聞いてみればいいのかもしれないが、真実を知るのも怖い。もし本当に仕事以上の感情がないと言われたら、どうしたらいいのだろう。そのとき自分は王女として、ちゃんと笑い返すことができるのだろうか。

フェリシアは軽く吐息をついて気を取り直し、父親の部屋に向かう。その途中の回廊で、国王付きの召使いとともに同じ方向に向かっているディオンとかち合った。

「これは……フェリシア姫さま」

ディオンは踵(かかと)を揃(そろ)えて立ち止まると、利き手を胸に押し当てて頭を下げる臣下の礼をしてくる。洗練され、無駄のない仕草は見惚れてしまうほどだ。召使いたちもお仕着せのスカートを摘まんで軽く腰を落とす礼をしてきた。

つい数時間前に会って話をしていたディオンとは、まったく違う。あれは気心知れた相手のときだけだとわかっているが、何だか距離を取られたようで寂しい。幼い頃からの気さくな話し方も、こういった場ではしてもらえなくなってしまった。

だが、フェリシアも王女としての態度を取る。

「こんにちは、ディオン。お父さまに用事ですか？」

「陛下がまたお休みになられたと聞きましたので、お見舞いに。フェリシアさまも陛下のところへ？」

「ええ。美味しそうなチョコレートをいただいたの。お父さまが元気になってもらえるかと思って。一緒に行きましょうか」

フェリシアの誘いをディオンは断らない。召使いたちはフェリシアが何か言う前に、場を離れていった。

二人で並んで少し歩いていけば、回廊では二人きりになる。ディオンがフェリシアの手元を見て、小さく笑った。

「何だ、一つも食べていないのか」

「お父さまがどれを食べたいって言うかわからなかったんだもの。一番食べたいって言ったものを差し上げたくて」

「陛下はフェリシアがくれるものなら何でも喜ぶと思うけどな」

(あ……名前)

ディオンはフェリシアと二人きりのとき、名を呼んでくれるようになった。母親を喪ったときに何となくできた二人だけの決まりごとだったが、特別扱いをしてもらえているようで嬉しくなる。

「それは、俺が運ぼう」

大した荷物ではないが、ディオンの気遣いを感じて頬が綻ぶ。口ではこちらをからかうようなことばかり言っていても、根本的な優しさは昔と変わらない。

(ああ、好きだわ)

この優しさを独り占めしたいと思う。

自分の立場と権限を使えば間違いなく手に入る人だが、それに頼りたくはない。だからもう、幼い頃のようにディオンにまとわりつくことができなくなった。

「ありがとう」

「どういたしまして。で、フェリシアの手はこっちだ」

空いた方の手で、ディオンが手を繋ぐ。触れ合った温もりに鼓動を跳ねさせる間も無く、ディオンは指を絡め合わせながら強く握りしめてきた。

子供のときの無邪気な繋ぎ方とはまったく違う。気恥ずかしくなって、けれどとても嬉しくて、フェリシアは戸惑いの声で呼びかけた。

「あ、の……ディオン？　手、手を……」

「なんだ、嫌か？」

そんなわけがないと、フェリシアは勢いよく首を振る。ディオンはそんなフェリシアに、ククク、と喉の奥に笑みを籠らせながら言った。

「じゃあ、このままでいてくれ。転ぶ可能性が限りなく低くなる」

「……そんなことしないわ！」

ドキドキするのはやはり自分だけなのか！　と怒りも覚えるが、ディオンの手を放す気にはなれない。

「覚えてるか？　フェリシアが初めてヒールを履いたとき。見事に顔から転んでくれたよな」

「……っ!!」

――まだ社交界デビューをしていない頃の事件だ。デビューの数年前からフェリシアも社交ダンスを習っていて、その相手はディオンとエミールがしてくれていた。そのときはホールで踊るときの練習というのを兼ねて、足首まで隠れる裾（すそ）の長いドレスにヒールのある靴で踊ったのだが――慣れないためにバランスを上手く取れず、ターンのときに足首を捻（ひね）って顔から転んでしまったのだ。

そのときはエミールが相手だったためか、彼の運動神経ではフェリシアの身体を支えきることができず、授業を見守っていたディオンと教師の前で随分と恥ずかしい思いをした。フェリシアにとっては耳まで真っ赤になってしまう失敗談の一つだった。

「……ど、どうして私の失敗談ばかり覚えているの!?」

「だから、前も言っただろ？　俺とエミールだけしか知らないことだから、優越感があるんだ。お前と俺たちが……俺だけが知っている思い出だからだ」

笑いながら、フェリシアと繋いだ手に、ディオンは少し力を込める。そう反論されると何も言えなくなってしまうから、せめてもの反撃とばかりにフェリシアは自分の精一杯の力を込めて握り返した。

思わず大きく息をついてしまうほどに強く握ったはずなのに、ディオンに堪(こた)えた様子はまったくない。薄紫色の瞳がからかうような微笑(びしょう)を浮かべて、フェリシアを見返す。

「残念ながらその程度じゃ何とも思わない。フェリシアはやっぱりフェリシアだな」

悔しく思いながらもフェリシアはディオンの手を見下ろす。

自分の手をすっぽりと包み込むほどに大きくて、骨ばった手だ。皮膚(ひふ)もフェリシアよりずっと硬い。剣を握る手だからだろう。

ラヴァンディエ王国では、ディオンのように若い者を中心として何度か御前(ごぜん)試合が行われている。ディオンが参加するようになってからは彼が連戦連勝で、優勝者に変わりばえがないとリオネルに苦笑されてしまうほどだった。おかげで次の該当(がいとう)する試合には不参戦を命令されてしまったのだと、聞いている。

フェリシアは絡めた指を動かし、触れることのできる部分を撫でた。ディオンが小さく笑う。

「くすぐったい。何だ？」

「あ……ごめんなさい……。た、ただ、その……大きくて安心する手だなって思って」

こんなふうに触られるのは嫌だったのだろうか。フェリシアが手を離そうとすると、ディオンがギュッと握り返してきた。

「フェリシアを守るための手だからな。そう感じてもらわないとまずいだろう？」

「あ……」

「フェリシアの手は相変わらず小さくて可愛い。俺が守ってやらないとな」

それは、カルメル家の後継者としての言葉だろうか。……それとも？

フェリシアは小さく息を呑んだあと、思いきって聞いてみようとする。それよりも一瞬早くディオンが動き、フェリシアを護るように自分の背後に押し入れた。

わけがわからずされるがままになり、フェリシアはディオンの脇からそっと顔を出す。

こちらにやってくるのは、片眼鏡をかけた一人の男だ。透明な硝子越しであっても、その目は爬虫類を思わせる。この目が、最近は特に背筋に寒気を感じさせる。フェルナン・ディフォール――ディフォール家の現当主である男だった。

ディオンがフェルナンの視線を遮るように、身体の位置を移動させた。

「これはフェルナン殿。こんにちは」

「カルメル家の小僧か」

名を呼ぶこともせず、ぞんざいにフェルナンは返す。フェリシアは無作法さに怒りを覚えるものの、ディオンが何も言わないためぐっと堪えた。

ディオンがにっこりと笑い返した。

「俺の名はディオンです。フェルナン殿はいつまで経っても俺の名を覚えてくださいませんね。そんなに物覚えが悪くては、実務に支障が生じませんか？」

強烈な皮肉に、フェルナンが大きく目を見張る。フェリシアもいつにない好戦的なディオンの態度に息を呑んだ。

こんな対応をしてしまって、大丈夫なのだろうか。だがディオンの態度は喧嘩を売るものではなく、とても落ち着いている。だからこそ不思議な威圧感があり、気圧される空気が放たれていた。

フェルナンが、不快げに顔を顰めた。

「まだ三家の当主会談に出席もできない身だろう。三家当主としての実績もない男の名を覚える必要性を感じない」

「なるほど、わかりやすくて助かります。では、家督を継いだら必ず名を呼んでいただきましょう。ああ……でも、その頃に俺があなたの名を呼ぶかどうかはわかりませんが」

ディオンが家督を継ぐ頃には世代交代が起こっている可能性が高い。そのときフェルナンがディオンたちから『老いぼれ』と呼ばれる可能性もある。それをディオンは暗に含めていた。

意趣返しは充分フェルナンに伝わったのだろう。彼はますます顔を顰める。だがディオンの背中にいるフェリシアのハラハラした視線に気づくと、気を取り直して臣下の礼をしてきた。

「見苦しいところをお見せしてしまい、申し訳ございません。ご機嫌麗しゅう、フェリシア姫」

今はディオンが傍にいてくれるため、フェルナンに触れられることもないだろう。フェリシアはホッとしながら、笑顔で頷いた。

「こんにちは、フェルナン。お父さまへのお見舞いかしら？」

自分たちが向かう方向からフェルナンはやってきたのだから、それが妥当だ。フェリシアの問いかけにフェルナンも笑顔で頷く。その笑みが心地よく感じられないから、フェリシアとしては困ってしまうのだ。

（王女たるもの、臣下には平等に接しなくてはいけないのに）

「はい、そうです。少し姫さまとのことで陛下とお話がありまして」

「私のことで？　何かしら？」

「それはここでは……」

フェルナンが、チラリとディオンを見る。

家督を継いでいないとは言っても、ディオンはカルメル家の後継者だ。来たるべき日のために、今は父親の副官としても実務をこなしている。それなのにディオンを排除するフェルナンの態度をフェリシアは不快に思うものの、表情に現さないように気をつけて言った。

「そう……大事なお話なのね」

「はい。そのときが来たら、陛下からお話があるかと思います。今は陛下のお身体の調子があまり良くないご様子……陛下の御心（おこころ）を乱さないよう、お尋ねするのはお待ちいただけるとよいかと思います」

そうまで言われてしまうと、フェリシアもその話を父親に追及することが難しくなる。特に今は、原因不明の症状に悩まされているのだから。

「……わかったわ」

フェリシアの返事にフェルナンは満足げに頷いて、別れの挨拶をしてから立ち去っていく。ディオンに対しては何の礼儀も守っておらず、無視だ。

ディオンがその背中を見送りながら、肩を竦（すく）めた。

「どうやら俺は、相当フェルナン殿に嫌われてるみたいだな。わかりやすくていいとは思うんだが」

「あまり気にしたら駄目よ、ディオン。ディオンのいいところは私もエミールも、お父さまだってよく知っているから」

「いや、あんな奴に好かれたいとも思わないから別に気にもしてない。お前がわかってくれてればいいいさ」

……それはそれでどうなのだろうかとフェリシアは疑問に思う。

「フェリシア」

ディオンが、低く深みのある声で名を呼んできた。トクン、と鼓動が揺れたのは、その呼び声に何かしらの強い想いが込められているのを感じたからか。

「フェルナンには充分に気をつけてくれ」

「気をつける……？」

「そうだ。何か変なことをされないように、二人きりになることだけは絶対にしないでくれ。それと、フェルナンから妙なことを言われたら教えて欲しい」

こちらをじっと見つめてくる薄紫の瞳に、疑問を投げる必要性は感じられなかった。何を心配しているのかはわからなかったが、自分を案じてくれているからこその警告だとはよくわかる。

フェリシアは強く頷き返した。

「わかったわ。気をつける」

「何かあったらすぐに言えよ。何があっても駆けつける」

浮かれてはいけないとわかっていても、こんなふうに言われたらときめいてしまう。

(ねえ、ディオン。私、期待していいの……？)

王女としてではなく、一人の女性として自分のことを見てくれているのか。問いかけは、結局口にできなかった。

フェルナンが気になることもあり、ディオンは機会を見てはフェリシアの許(もと)を訪れることにした。とはいえ、こちらも護衛団のほとんどのことを任されていることもあり、なかなか思うようにはいかない。それでも自分なりに時間を作って、ディオンはフェリシアのところへ向かう。

その途中で、偶然フェリシアの姿を見つけたディオンは声をかけようとして——ふと、動きを止めた。

回廊を歩いていくフェリシアは、青年貴族と一緒にいた。ディオンは素早く心の中のリストをめくり、彼が誰だったのかを確認する。特に問題があるわけでもない秘書官の一人だった。

フェリシアと何やら談笑しながら歩いていく姿を見ていると、胸の奥にざわりと苛立(いらだ)ちと嫉妬がわき上がってくる。今すぐにでもあの男とフェリシアを引き離してやりたくなり、ディオンは大きく息をついた。

この国の王女として、王宮にやってくる者をフェリシアは立場に合わせて出迎える。それが王女の役目だ。

幼い頃は自分の足元にまとわりついていただけだったフェリシアだったが、今は見慣れているはずのディオンですら時折ハッと目を奪われるほどの美しい姫君へと成長した。容姿だけではなく、王女としての自覚も充分に持ち始めている。傍付きとして見守ってきた側(がわ)にしてみれば、自慢したい姫君になった。

子供の頃のフェリシアは、自分を兄のように慕い、雛のように後をついてきて——単に手の掛かる妹のようにしか思っていなかった。それが一人の女性として意識し始めたのは、今のように自分とエミール以外の異性とともにいるのを見たときだ。

フェリシアが、自分以外の男に微笑みかけ、楽しげに話す。それは自分とエミールだけの特権だったはずだ。そうではないことがとても腹立たしくなり——同時に、そんな想いを抱いた自分に愕然とした。

一人の女性として意識してしまってからは、これまで以上に大切にしてきた。男女の仲に疎いフェリシアのために、触れるのも程々にしておいた。何よりも、ここ最近、花開くようなフェリシアの女性としての成長ぶりを見ていると、いつか彼女を手に入れるときまで待つのも悪くないと思えた。

フェリシアの方も、自分のことを一人の男として見てくれている。それは、これまでの態度からも容易く想像できた。

パーティに参加すれば、フェリシアは何でもないフリをしながらもディオンに近づいてくる女性たちを気にしていた。特にディオンが確信を持ったのは、フェリシアが薄化粧をし始めたときだ。ディオンの前で少しでも女性らしい自分を見せようとする現れだろう。

仕草もだいぶ女らしくなったが、それでもディオンの前では時折幼いときと同じ表情を見せる。それが、堪らなく愛おしい。

「ではフェリシアさま。私はこちらで失礼いたします」

「ええ」

目的地が違うためか、二人が別れる。それを見届けてから、ディオンはフェリシアの背中に声をかけた。

二人きりだから、名前を呼ぶ。

「フェリシア」

「……ディオン！」

すぐにフェリシアが振り返り、満面の笑みを浮かべて走り寄ってくる。先ほどの青年貴族と一緒にいたときにはどこから見ても王女然としていたのに、今の彼女は幼い頃と同じだ。

ディオンはふ……っ、と笑ってしまう。

（この顔を見られるのは、俺だけだ）

「どうしたの、ディオン。お仕事の途中？」

フェリシアが問いかけてくる。ディオンはフェリシアの頰に片手を伸ばし、指先でそっと撫でた。

欲望の気配などフェリシアは何も気づかず、心配そうな顔になる。

「ディオン？　何かあったの？」

疲れたときに触れる癖のことを思ったのだろう。見当違いな心配は、しかしディオンの心を嬉しくさせる。それだけフェリシアが自分に心を寄せている証に思えて、微笑んでしまう。

本当ならば、ここで頬にくちづけくらいしたいところだ。代わりに、頬に触れていた指先で唇にそっと触れる。

「ディオン？」

「……いや、何でもない。ただ美味そうな唇だなと思っただけだ」

「唇は、食べるものじゃないわ！　変なこと言わないで」

微妙にズレた反応を返すフェリシアに、ディオンは苦笑してしまった。


ディオンに告げられた警告を気にはしていても、その後、フェルナンからの行動はなかった。

ただ、思った以上にフェルナンが父親の許を訪れていたのは、気になる。見舞いと聞くが、弱っている相手の許にそんなに頻繁に足を運ぶのも負担になると普通はやめないだろうか。少なくとも自分だったらそうする。

フェリシアはそれをディオンに伝えておいた。

「そうか……わかった。俺の方も気にしておく。フェリシアも、まだ充分気をつけておけよ」

ディオンからは頼もしい返事をもらえて、少し安心する。同時に彼に迷惑をかけてしまうことを申し訳なくも思うのだが。

——その日のフェリシアは侍女から新しい本が図書室に入ったと知らされ、待ち望んでいた作家の本があるかどうかを探しに来ていた。侍女に聞けば入荷リストからすぐにわかるかもしれないが、自分で探すワクワク感を大事にしたかった。

王女としての公務も今日は何もなく、休日のようなものだ。フェリシアは目的の本が入っていたため、今日は図書室にこもって本を読みふけることにした。

純愛を主軸としたロマンス小説を得意とする作家で、若い女性たちを夢見るような気持ちにさせてくれると人気がある。フェリシアも大好きな作家だ。

(……ああ……素敵だわ……！　このお話、とっても……!!)

今作もフェリシアの期待以上で、ヒロインに感情移入して夢中になって読み進める。時折涙してしまいそうになりながらもヒロインとヒーローが想いを交わし合うシーンまでくると、我が事のように幸せな気持ちになった。

想いが溢れて互いに抱き合い、くちづけを交わす。苦難を乗り越えたあとのこのキスシーンは、とてもロマンチックなものだった。

まだ読み終わってはいないものの、そのシーンを想像してフェリシアは満足感に満ちた吐息を零す。目を閉じて状況を思い浮かべると、ますます幸せな気分になった。

(好きな人とのキス……すごく素敵で気持ちがいいってあったわ)

自分がするのならば、どんなふうになるのだろう。

相手として思い浮かべてしまうのは当然ディオンで、フェリシアは恥ずかしさから真っ赤になってしまう。……両手で頬を押さえて妄想ゆえの笑みを浮かべつつ身を捩っているが、フェリシアに自覚はまったくない。

(ディオンとのキス……どんなふうなのかしら。素敵なことに間違いはないけど)

想像は、想像でしかない。本当はどうなのだろうか。だが妄想だけで心臓がドキドキしてしまい、息が苦しくなる。

フェリシアへひとまず妄想を止めて、閉じていた瞳を開いた。

「……っ!?」

——直後、フェリシアは椅子から飛び上がりそうになる。自分のすぐ隣にディオンが座っていて、テーブルに片頬杖をつきながらこちらを見つめていたのだ!

突然現れたディオンに、フェリシアの声は裏返ってしまいそうになる。

「ディ、ディオン!? な、何でそこにいるの!?」

「フェリシアがどうしてるか護衛団の仕事が終わったから寄ってみたら、ここだと教えてもらった」

「だ、だったら声をかけ……」

「何度もノックしたし、声もかけた。なのにお前ははは気づかないうえに、百面相してたんだ」

「ひゃ……百面相……」

ヒロインに同調していたことが、表情にも現れてしまっていたらしい。しかもそれを逐一ディオンに見られていたということになる。

その恥ずかしさは強烈なもので、フェリシアは何を言い返せばいいのかわからない。王女として公式の場では毅然と振る舞うことが普通にできるのに、ディオンの前だとそれができなくなるのが不思議で堪らなかった。

とりあえず、フェリシアは両手で顔を覆ってしまう。ディオンはそんなフェリシアの仕草にまた小さく笑いながらも言った。

「そんなに面白い本だったのか？　何を読んでいたんだ？」

(……馬鹿に、してない……？)

自分の恥ずかしいところを見ても、ディオンからからかう様子がない。肝心なときはこんなふうにフェリシアを尊重する態度を取ってくれるから、ときめいてしまって困る。

(どんどん、好きになってしまう……)

「……わ、笑わない……？」

「何だ？　この話、喜劇的なやつなのか？」

「ち、違うわ！　そ、その……ラブロマンス、だけど……」

顔を隠す両手を離しながら、フェリシアは小説の内容をかいつまんで教える。教えているうちに再び感動が蘇（よみがえ）ってきて、あの素敵なキスシーンのところで言葉は止まってしまった。

フェリシアは思わず両手を胸の前で握りしめるようにして、うっとりと呟（つぶや）く。

「素敵よね。好きな人とするキスって、とっても気持ちよくてふわふわした感じで、少し甘くて……」

「……すごい夢見るような表現だな……」

本当にそんな表現がされているのかと確認するためなのか、ディオンが本を開き、ぱらぱらと流し読みする。そのあと、呆（あき）れたようにため息をついた。

「現実は、こんな感じではないと思うけどな」

「そ、そうなの!?」

つまりディオンはくちづけの経験がある、ということか。一体誰としたのだろう。

胸に小さな痛みを覚えて、フェリシアはディオンから目を背（そむ）ける。それに気づいているのかいないのか、ディオンは本を閉じてテーブルに置いた。

「フェリシアも、まさかこんなふうだと思ってんのか？」

「し、したことないからわからないわっ！　……で、でも……好きな人とするキスは、やっぱり素敵なものだと思うし……」

「キスしたことないんだったら、してみるか？」

「……え」

ディオンの言葉に驚いている間もなく、彼の端正な顔がすぐ目の前にあった。いつもはこちらをからかうように見つめてくる薄紫の瞳が——今は、息を呑んでしまうほどに真剣だ。

(こんなディオン、見たことが……ない)

「俺とキスするのが嫌ならそう言え。言わなければ、する」

状況についていくことができていないのに、答えられるわけもない。そんなことは付き合いが長い分、ディオンもわかっているはずなのに。

硬直したまま、フェリシアはディオンをまっすぐに見つめ続ける。ディオンもフェリシアから一瞬も視線を逸らすことなく唇を寄せてきて——軽く、触れた。

(ああ……これが、ディオンとのキス……)

触れた唇は、思った以上に柔らかく感じられた。頬や額にする挨拶のそれとは違って、とても特別に感じる。

味なんてわからないけど、優しく押しつけられた唇が気持ちいい。ディオンの唇が少し荒れているのがわかった。

小さく息を吐いて、ディオンが唇をわずかに離す。

「……どうだ？」

わずかしか離れていないから、喋る呼吸が唇に触れて擽ったい。同時に、身体の中心が甘い疼きを覚える。

「……ど、どう……って……？」

「キス。この小説と同じだったか？」

「わ、わからな……」

反射的に答えてしまったフェリシアに、ディオンは苦笑する。

「じゃあ、わかるまでしよう。本当のキスがどんなものなのか、教えてやらないと……他の奴と試されても困る」

「え……？　んぅ……っ」

意味を問いかけるまえに、ディオンの唇が再び押しつけられた。

今度は強く押しつけられて、擦り合わせるように唇が柔らかく動く。ちゅ、ちゅ……っ、と、あやすように啄まれると、自然と目が閉じた。

角度を変えて、ディオンの唇が触れては離れ、離れては触れる。初めての感覚に緊張して身体が強張り、触れるたびにビクッ、と震えてしまった。だが何度も触れ合っているとゆっくりとその感触に慣れてきて、強張りも徐々に解けてくる。

「……ん……」

鼻先から自分でも驚くほどに甘えた吐息が漏れてしまい、それが恥ずかしくてフェリシアはハッとして身を引こうとする。だがそれよりも早くディオンの片腕が腰に回り、優しく抱きしめてきた。離れるなと言われているようで――だから、フェリシアも凭れかかるように身を擦り寄せた。

すっぽりと包み込まれるように抱きしめられて、とても心が安らぐ。

（キス……気持ち、いい……）

触れている唇がディオンのものだからだろうか。フェリシアは何だか縋りつきたいような気がして、ディオンの胸元に手を伸ばす。

仕草に気づいたディオンが唇を啄みながら片手を動かし、フェリシアの手を握ってきた。指を絡めて掌をぴったり重ねて深く握り合う仕草に、ドキドキする。

「……ん……」

小さく甘えたような吐息が溢れると、ディオンが一度唇を離した。心地よいぬくもりが離れて寂しく思いながら目を開くと、ディオンの上体が急にのしかかってきた。

「あ……っ」

ソファに仰向けに押し倒される。何をするのかと問いかけるまもなくディオンの顔が近づいた。

「ディオン……何……っ？」

「キスには色々ある。挨拶のキス、恋人のキス……恋人のキスでも、今のは子供同士のやつだ。これからするのが、大人の恋人同士のするキスだ」

「大人のって……んぅ……っ？」

微笑を刻んだディオンの唇が、フェリシアの唇に強く押しつけられた。

何、と思う間もなく唇が食むように動いて、フェリシアの唇を押し開いてくる。強引に開かされた口の中に、ぬるついた肉厚の何かが押し込まれてきた。

大きく目を見開いたあと、ぎゅっとそれを閉じる。ディオンの舌だと気づいたが、押し返すこともできない。

舌が歯列を舐め、フェリシアの舌を捕らえてぬるぬると擦り合わせてくる。ディオンの舌を受け入れると口の中がいっぱいになってしまい、閉じることもできなかった。

「……ん……んぅ、んっ、んー……」

舌を擦り合わせていると甘味が強くなって、唾液が溢れてくる。どちらのものともつかないそれを、ディオンが啜って飲み下した。

それを見て、フェリシアも自然と喉を鳴らしてしまう。

「……んふ、ふ……っ、んく……っ」

口が開いているのに、呼吸がうまくできない。そのせいで、頭がクラクラしてくる。

軽い呼吸困難になり、フェリシアは空気を求めてさらに大きく口を開いた。だがディオンはそれをいいことに、もっと奥まで探るように舌を差し入れてくる。

「んく……んっ、ん……」

息苦しさに、眉根が寄せられる。きつく閉じられた目尻からも淡い涙が滲むと、ディオンがほんの少しだけ舌の動きを緩めてくれた。だが、熱情的なところは変わらない。

「……は、ふ……ん……」

角度を変えるときに呼吸をさせてもらえるようになったものの、くちづけは終わらない。フェリシアはディオンのシャツの胸元を、縋りつくようにぎゅっときつく握りしめてしまう。ディオンが熱い吐息をついて唇を離し、堪らないというように呟いた。

「……可愛すぎるだろ……お前が、こんな顔をするなんて……」

「……は、ふ……っ、な、に……？」

くちづけのせいで意識がぼうっとしてしまい、ディオンの言葉がうまく耳に入らない。ディオンはフェリシアの喉元を擽るように指先で撫でた。

「……あ……や、ん……っ」

「口を、もっと開けてくれ」

「……ん……く、ち……？」

擽ったさに身を震わせながらも、フェリシアはディオンの言うままにする。従順なフェリシアを、ディオンは食い入るように見つめながら続けた。

「舌……出せ」

「あ……ん……」

これも言われるままに従う。出した舌にディオンの舌が絡みつき、いやらしく捏ね回すように絡みついた。

「あぁ……ん……」

唾液のぬるつきが、とても気持ちいい。

ディオンはフェリシアの舌をさらにねっとりと舐め擽り、唇で挟み込んで甘噛みしてくる。かと思えば、強く吸ってきた。ぢゅる……っ、と唾液が絡み合う音がかすかに上がり、その音を耳にすると腰の奥にきゅんっと疼く快感が生まれてくる。

フェリシアは身を震わせた。

(何、かしら……ディオンの気持ちが、伝わってくるみたいな……)

求められているのを本能で感じる。それはディオンが、自分を好きだと言っているのではないか。

「あ……は、ぁ……」

どれくらいくちづけられていたのか、わからない。ディオンがようやく唇を離してくれたときにはフェリシアはソファに沈み込むようにぐったりとして、荒い呼吸を繰り返すことしかできなかった。

ディオンはフェリシアの上から退く様子はなく、じっとこちらを見下ろしている。

フェリシアの瞳はくちづけのせいで淡く濡れていて、唇は薄く開いたままだ。互いの唾液で濡れぷっくりと腫れた赤い唇は、紅をさすよりも蠱惑的だ。

ディオンの薄紫の瞳が何かに耐えるように眇められた。

「気持ちよかったか？」

「……う、ん……」

素直に頷いてしまうと、ディオンが舌舐めずりをするように自分の濡れた唇を舐めながら低く笑う。そんなディオンの仕草に男の艶を感じてしまい、フェリシアの鼓動がドキドキと高まった。

ディオンの片手がフェリシアの頬に伸び、指先で優しく撫でてくる。それもまた気持ちよくて、フェリシアはうっとりと目を閉じてしまいそうになる。

「本の中に書かれているのとは、まったく違うだろ？」

確かにその通りだ。あのロマンス小説では、ヒロインの心情は細かく書かれていても、状況説明は簡単で、『二人は抱き合って唇を重ねた』とだけしか書かれていなかった。本当ならばこんなふうに——くちづけていたのだろう。

（ディオンとの、キス……）

夢見ていたそれをされて、嬉しい。なのに、切ない。先程、ディオンの気持ちが伝わってきたように思えたけれど、ディオンの本心はどうなのだろう。

本当にキスが何なのかを教えるためだけのくちづけだったなら、空しい。

ディオンがフェリシアの瞳を覗き込み、甘やかに見つめてくる。

「フェリシア。俺は、お前のことを……」

ぽろっとフェリシアの瞳から、涙の雫が零れ落ちる。それを見て、ディオンが慌てた。

「……な……フェリシア!? どうして泣くんだ、やっぱり嫌だったのか!?」

「違……」

フェリシアは目元を指先で拭い、慌てて笑おうとする。なのに、涙は一度零れてしまうと止まらない。

ディオンが焦ったようにフェリシアを胸に抱きしめ、髪を撫でた。

「悪かった。やりすぎたか」

(違うの。そうじゃないの)

フェリシアはディオンの腕の中で、まるで幼子のようにフルフルと首を振る。

「……どうして……私にキスしたの……?」

これは、想い合った者同士がすることではないか。

フェリシアはぽろぽろと涙を零し続けながら、ディオンを見上げた。

「やり方を教えるためだけのキスなんて……切ないわ……。ディオンは私のこと、仕事上の相手としか思っていないの？」

「……おい」

ため込んできていた想いが、一度溢れてしまうと止まらない。フェリシアはディオンの胸元をきつく握りしめた。

「私のことを好きでもないなら、しないで。もしするなら、結婚して、必要なときだけでいいわ。義務感でされるなんて、切ないだけだもの……！」

「待て、フェリシア！」

がしっ、とフェリシアの二の腕を両手で強く摑んで、ディオンが叫ぶ。どこか怒ったようにも聞こえる鋭い声に、フェリシアはビクリと震えて見返した。

「お前、俺のことが好きだよな？」

問いかける声は、少し探るようだ。フェリシアは頷いて答える。

「……好きよ」

涙はもう止まっていたが、瞳は潤んだままだ。何だかとても馬鹿馬鹿しいことを確認されているように思える。

「私は小さい頃からディオンだけよ。ずっとディオンのことが好きだったわ。だから、教えるためのキスなら……しないで……」

また泣きそうになってしまいながら、フェリシアは繰り返す。ディオンが耳元でため息をつくように答えた。

「……教えるためのキスじゃない。本当はいつだってしたいって思ってたさ。だからお前がキスに憧れてるのを聞いて、我慢できなくなった。可愛すぎるんだよ、お前は……」

（いつだって、したいって——我慢できなくなったって、それは）

ディオンの言葉を心の中で反芻した直後、フェリシアは勢いよく身を起こそうとする。だがディオンが覆い被さったままのため、できない。

フェリシアは肩を少し浮かせるようにしてディオンに顔を近づけながら、問いかけた。

「それは、私のことを……好、好き……って、いうこと……!?」

言った直後に強烈に恥ずかしくなり、耳まで真っ赤になってしまう。ディオンはフェリシアの勢いに圧されたようにわずかに上体を引いたものの、すぐにまた覆い被さってきた。

少し長めの夕焼け色の髪が、フェリシアの額を軽く擽ってくる。

「その質問に、本気で答えていいんだな？」

遊びで答えられる方が辛い。一体何を言っているのかと、フェリシアはディオンを軽く睨みつけてしまう。

ディオンはフェリシアの頬に唇を押しつけ、こめかみへ向かわせながら続けた。

「お前のことが好きだって言ったら、俺は、止まらなくなる。やっぱり嫌だったって言われても、離してやれなくなる。ここで俺のものにならなかったら、攫って閉じ込めるくらいするかもしれないぞ？」

　言われていることは後から思い返せばとんでもなく凶暴なものだったが、今のフェリシアはまったく気にしない。それよりもディオンの気持ちを聞けたことの方が重要だった。

「……ちゃ、ちゃんと、言って……！　ちゃんと好きって言われたい……！」

　ずいぶん必死になってしまいながら、フェリシアは続ける。ディオンはフェリシアの耳元に唇を寄せ——ふうっと軽く息を吹きかけた。

　ビクンッ、と身震いしてしまった直後、低い声で甘く囁かれる。

「フェリシア……お前が好きだ」

（……ああ……！）

　嬉しくて、再び淡い涙が滲んでしまう。ディオンが唇を上げ、その雫をそっと舐め取った。

「……泣くほど嫌なのか？」

「……わ、わかっているはずだわ……！　い、意地悪……っ」

「お前が可愛いのが悪い。その可愛さは虐めたくなる質のやつなんだ」

　笑いながらそう言って、ディオンがもう一度くちづけてくる。くちづけで感じられた想いが自分の思い込みでなかったことが、とても嬉しかった。

（嬉しい。ディオンも私のことを好きだなんて……）

　ディオンの唇が、再びフェリシアの呼吸を奪うようなくちづけを与えてくる。フェリシアはしばらくディオンのくちづけに酔いしれていたものの、すぐにまた呼吸困難になってしまい、軽くその胸を叩いた。

「……ん……んんっ、ディ、オン……苦し……」

「……ああ、そうか。初めてだったな」

ディオンが唇をほんの少し外して嬉しそうに言い、呼吸の仕方を丁寧に教えてくれる。慣れないながらも教えられた通りにすると、息苦しさは少し弱まった。

そうすると、唇の触れ合う甘い感触や唾液でぬめった舌が絡み合う心地よさが強く感じられて、とても気持ちがいい。フェリシアはディオンのシャツの胸元を握りしめながら、呼吸の合間に囁く。

「キスって……とても気持ちいいのね……。ディオンと、するから……？」

ディオンがフェリシアの言葉に軽く目を見開き、直後にまた激しくくちづけてくる。教えられた通りに呼吸をしても、息継ぎが上手くいかないほどだ。

「……ん……んぁ……ん……っ」

「可愛い……可愛いな、フェリシア。この唇……もう俺のものだ……やっと手に入れた……」

くちづけの合間に蕩けそうなほど甘い声で囁かれると、ゾクゾクするような快感が生まれる。想いが通じ合えたことが嬉しくて、フェリシアは思わずディオンの首に腕を絡めて自分から抱きついた。

　しばらくディオンが満足するまで、繰り返されるくちづけに身を委ねる。ようやく少し気持ちが落ち着いたのか、ディオンが唇を離して胸の中に抱きしめてくれた。

　フェリシアは広く頼りがいのある胸に頭を持たせかけながら、うっとりと呟く。

「……嬉しい……子供の頃の夢が叶ったわ……」

　ディオンがフェリシアの頬や額、顎先や目元に啄むようなくちづけを与えながら、笑った。

「俺と、こうなりたかったってことか？　……こうやって、押し倒されて息もできないほど深く激しくくちづけられて、蕩けた顔して涙目になって、可愛らしい痴態を晒すことが夢だったのか？」

「……い、いやらしいこと言わないで！　どうしてそういうことを言うの!?」

　フェリシアは真っ赤になって両手を外し、ぽかぽかとディオンの胸元を叩く。

　たおやかな手の拳では、ディオンの鍛えた身体には大した痛みも与えられない。ディオンは楽しげに笑って、フェリシアを拘束するように抱きしめる。

「仕方ないだろ？　今のフェリシアがそういう顔をしてたんだから」

「……そ、そうじゃなくて！　子供の頃、ディオンとずっと一緒にいるためには結婚するのが一番だって言ってたこと」

　ディオンがフェリシアを抱き起こし、身体の位置を変えた。

ディオンはソファに座ってくつろいでいるが、フェリシアはその膝の上に横向きに座らされる。互いの顔がいつでもくちづけられるほどの近さのためにドキドキしてしまうが、こうしてディオンと温もりを感じ合える距離にいるのは、心地よい。

「ああ、覚えてる。あのときのフェリシアは可愛かったよな。絶対に俺と結婚するんだって息巻いてた」

「だ、だって……本当にそう思っていたんだもの……」

幼い頃の自分はディオンへの好意に対して、ずいぶんと猪突猛進だった。思い返すととても恥ずかしい。

「私ね。いつか、ディオンのお嫁さんになれたらいいと思っていたの。そうすればディオンとずっと一緒にいられるって……その夢が、叶うのね」

嬉しさと気恥ずかしさと心が擽ったくなるような幸福感に、フェリシアの唇が綻ぶ。本人はまったく自覚していないが、それは見ている者の心を奪うほどに、可愛らしいものだ。頬が少し紅潮しているのも、効果を高めている。

ディオンが、ピタリと動きを止めた。フェリシアはそのことをさほど気にすることなく、今更のように確認する。

「でも、ディオンは私が王女で、三家として守らなくちゃいけない存在だから一緒にいなくちゃいけないんだと思っていて……お母さまが亡くなられたときにした約束もあったし……

きゃっ」

ディオンが再びフェリシアをソファに押し倒す。フェリシアの肩を片手で押さえつけながら、ディオンは苦笑しつつシャツのボタンを外した。

「ずいぶん馬鹿なことを悩んでいたようだな。あのときの約束は、俺がお前の特別になれたような気がして、すごく嬉しいことだったたんだぞ。お前の悩みはまったくの無駄だ。そんなことで長い時間悩んでいたなら……俺がお前をどう思っているのか、ちゃんとわからせてやらないといけないな」

「え……え、あの、ディオン……っ」

器用に片手でシャツを脱ぎ捨てると、ディオンの半裸が露になる。鍛えているしなやかな獣を思わせる身体つきと自分とは違う陽に焼けた肌に、フェリシアは息を呑んだ直後、真っ赤になった。

ディオンが身を乗り出し、フェリシアの唇を軽く啄んだ。

「ほら……口を開けろ。さっきしたみたいに俺と舌を絡めるんだ。気持ちよかっただろう?」

「ん、んん……あ、ん……」

反射的に素直に従ってしまい、くちづけで蕩けてしまう。熱く深いくちづけを与えながら、ディオンはフェリシアの全身を大きな掌で撫で始めた。

「ん……んん……ん」

公務がなかったため、今日は身軽な白いワンピースだ。前開きのワンピースは裾まで貝ボタンがずらりと並んでいる。袖はふんわりと膨らんだかたちになっていたが、袖口をきつく絞るデザインではなく——ある意味腕が抜きやすいものだった。

くちづけながらディオンはフェリシアのワンピースの前ボタンを、臍の辺りまで外してしまう。意識がぼんやりとしていなかったら、どんな早業だと感心してしまうだろう。だがディオンに舌を搦め取られてたっぷりと味わわれているフェリシアは、気づけない。

脱がされていると自覚できたのは、前ホック式のコルセットを外されて胸が開放感に包まれたときだ。ハッとして目を開くと、ディオンもまた薄く目を開いて笑っている。

くちづけながら、ディオンはフェリシアの胸を両手で包み込み、やわやわと揉みしだき始めた。

「ん……んんっ！」

ディオンの動きを止めようと、フェリシアは衝動的に彼の手首を摑む。だがフェリシアの制止の力が通じるわけもなく、ディオンは手首を摑まれたままで動き続けた。

柔らかな膨らみはディオンの動きに合わせて、自在にかたちを変える。揉み込むようにされると、ジンジンとした疼きによく似た気持ちよさが生まれてきた。

（な、に……これ……）

淡い涙目になりながら、フェリシアは自然と軽く仰け反った。自らディオンに乳房を捧げるような仕草になる。

ディオンが唇を放すと、低く笑った。

「もっとして欲しいか？」

もっとしたら、どうなるのだろう。知りたいような怖いような不思議な気持ちになる。だがディオンが教えてくれることなら、恐れる必要はないのではないか。

フェリシアはとろりとした表情で、小さく頷いた。

「……ディオンが、教えてくれるのよね……？」

「ああ、そうだ。俺だけが、教えてやる」

「……わかった、わ……」

「いい子だ。じゃあ、この手を離してくれ。摑まれたままだと、お前を可愛がってやれない」

そろりと縛めの指を解くと、ディオンの手が急に激しく乳房を捏ね回し始めた。同時に指先が頂を捕らえて摘まみ、指の腹で擦り立て始める。

突然与えられた痺れるような快感が全身を走り抜け、フェリシアは大きく仰け反った。

「あ……あ、ディオン、ディオン……っ！」

「ああ……気持ちいいだろ？　こうするともっと気持ちよくなる」

ディオンの指が片方を押し潰すように摘まみ、片方を爪の先で抉るように引っ掻いてきた。これまでとは違う強い快感が生まれ、フェリシアは小さく声を上げてしまう。

「あ……ああっ！」

「それにこうすると……」

ディオンの端正な顔が胸元に沈み、片方に吸いついてきた。飲み込まれるように深く口に含むと、舌で頂を激しく嬲ってくる。

根元から押し上げるように胸の固く尖った粒を舌で押し上げられ、ぐるりと舐め回されると、言葉では言い表せない快感が全身を駆け巡った。フェリシアはその快楽に涙を散らしながら、首を振った。

「あ……駄目！　それ以上は……駄目……っ！」

知らない快感を教えられるのが怖い。だがディオンはさらにフェリシアを追い詰めるかのように自重でソファに押しつけながら、もう片方の乳首も同じように丁寧に口淫する。

乳首を信じられないほどねっとりと舐められ吸われて、ビクビクと震えてしまう。加えてディオンの手はフェリシアの全身をまた撫で回し、ビクンッ、と反応する場所を見つけると執拗に撫でてきた。

「あ……あ、ああ……」

ワンピースの前ボタンはすべて外されてしまい、胸の膨らみもなだらかな腹部も細い腰も露（あらわ）になっている。乳房への愛撫で身体の力が抜けてしまっているフェリシアの肌のあちこちにディオンは唇で吸いつき、舌で舐めて、さらに蕩（とろ）けさせた。

フェリシアは小さく身悶えしながら首を振った。

「……も、もう駄目……私、溶けちゃうわ……」

譫言（うわごと）のように呟くと、ディオンは笑いながらフェリシアの腰から膝へと撫で下ろす。その掌の動きがドロワーズと靴下を脱がせるものだと、快楽に茫洋（ぼうよう）としながら見下ろす。

「もっと蕩けるようになるさ」

「そんな……これ以上……？」

これ以上気持ちよくなることがあるのだろうか。フェリシアは本能的な期待でディオンを見返す。

「ああ……そうだ。これはまだ序（じょ）の口（くち）なんだ」

ディオンは薄紫の瞳を細めると、フェリシアの膝にくちづけた。

「……え……？」

唇はそのまま右の内腿に動き、今度は足の付け根に向かい始める。このときになってようやく自分の下肢が無防備になっていることに気づき、フェリシアは真っ赤になって後ずさろうとした。

だが狭（せま）いソファでディオンの身体が上に被さっていては、動ける範囲は微々（びび）たるものだ。

それどころか左足が床に滑り落ちてしまい、ディオンの手によって右足はソファの背凭れに掛けられてしまう。

「や……見な……」

割り開かれた中心にディオンの欲情に満ちた視線が集中して、フェリシアはせめて自分の手で隠そうと両手を伸ばす。それよりも早く、ディオンが堪らないというようにフェリシアの膝の間に顔を埋めてきた。

「……待っ……はうっ!!」

内腿に夕焼け色の髪が擦りつけられ、ディオンの唇が恥丘にかぶりつくように押しつけられた。

吸いつかれ、舌先で淡い金の茂みを掻き分けられる。フェリシアの制止の声は途中で否応無く途切れ、代わりに甘い喘ぎが上がってしまった。

「……ふ、あ……っ、あぁ……」

「……ああ……甘い香りがしてきたな……堪らない」

ディオンの片手ががっしりとフェリシアの細腰を摑んで固定し、さらに奥を味わってくる。ディオンの舌が掻き分けた奥には敏感な花芽があり、それは愛撫に応えて息を潜めながらも立ち上がっていた。

「可愛い芽だな……立ち上がってきてる。ここにキスしてやると、もっと気持ちよくなるぞ」

「……あ……駄目……い、や……っ」

ディオンの唇が、小さな粒を、ちゅ、ちゅっ、と軽く音を立てて啄んだ。自分の意志に反し、身体がビクビクと跳ねるように震えてしまう。

「あ……ああっ、あ……っ！　あっ、あっ、吸っちゃ……駄目……っ」

「それに、ここを舐め回すのも気持ちよくなるんだ……」

「やめ……あぁ！」

唾液をたっぷりと乗せた舌が、花芽をねっとりと舐め回してきた。ぬるついた感触が堪らなく気持ちがよくてどうしたらいいのかわからず、フェリシアは嫌々と首を振る。

「あ……や、ぁ……っ！」

止めて欲しい。いや、止めて欲しくない。どうして欲しいのかもわからない。

ディオンは舌先で花芽をぐっと強く押し潰すと、今度はその舌を秘裂に滑らせた。

まだ誰も受け入れたことのない入口は愛撫に応えて蜜を滲ませ、綻び始めている。だが男の欲望を受け入れるには足りない。小さな蠢きを感じてはいたが、フェリシアは本能的に逃げ腰になる。

ディオンが床に落ちていたフェリシアの左足を、自分の肩に掛けた。右足はソファの背もたれにかかったままのため、腰が浮き上がってしまう。

ディオンの方に差し出すような格好で蜜壺が露になり、フェリシアはかろうじて残っていた羞恥心から身を捩ろうとした。だがディオンの愛撫で腰が砕けた感じになっていて、思うように動けない。

ディオンが両の指で花弁を捕らえ、そっと押し開いた。ぬちゅん、と小さく水音が立ち、フェリシアは身体の奥に外気を感じて身震いする。

ディオンが嬉しそうに呟いた。

「ああ……男どころか、自分で楽しんだこともなさそうだな。薔薇の花弁みたいに綺麗で艶めいてる」

もっと奥と中を見ようとするように、ディオンの指が花弁を押し広げた。とろり、と愛蜜が滴るのがわかって、フェリシアは涙目になる。

「や……ひ、広げない、で……っ」

身体を洗うときですら、撫でるように軽く触るくらいしかしたことがない。ディオンの言っていることはよくわからない上に、そんなところを晒すように弄られては恥ずかしくてたまらなかった。

「しっかり濡れてきてくれてるな……本当に可愛すぎる……」

フェリシアの蜜壺にうっとりと見惚れたあと、ディオンが顔を寄せてきた。内股に熱い吐息を感じて、フェリシアは焦る。

「……そんなとこ……舐めちゃ駄目……っ！」

しようとしていることに気づいて止めようとするが、ディオンは構わず唇を寄せる。指で広げた入口に舌を押し込み、かき混ぜてきた。

「は、う……んっ、あぁっ！　あ……っ」

浅い部分を舌でかき混ぜられて、フェリシアは思わずディオンの髪を握りしめた。縋りつくように力を込めてしまう。

髪を引っ張られる痛みがあるはずだろうに、ディオンは嬉しそうに笑って、ますます舌技を激しくした。

「……やあっ！　あ、ああ……っ！」

舌が動く度に、溢れ始めた蜜がいやらしい水音を立てる。こんな自分を見たらディオンはどう思うだろうと不安になるのに、声を堪えようとしてもできない。

さらにディオンは舌だけでなく、指も加えてきた。花弁を舐めながら指に蜜を纏わせ、それをそっと蜜壺の中に押し入れる。

「……んんっ！」

骨ばった指の異物感を感じたのは一瞬だった。ディオンが顔を上げ、フェリシアを心配そうに見返す。

「大丈夫か……？」

ディオンにそんな顔をさせるのが嫌で、フェリシアはこくこくと頷いた。いじらしい姿に、ディオンの瞳に宿る熱情も強くなる。

「いい子だ……もう少し辛くないように、弄らせてもらうからな……？」

「ん……んっ」

指がもう一本、増える。圧迫感は蜜壺が濡れているためにすぐに消えた。

揃えた指が突き入れられ、引き抜かれる。そうしながら長く伸ばされた舌が、花芽を押し潰すように舐め回す。

「あ……あっ、あっ」

フェリシアの声が、高まっていく。それに合わせるように、徐々にその動きが速くなった。

指がもう一本増えて、それぞれに動いて蜜壺の中を探り始めた。フェリシアが喘ぎ、身体を跳ねさせたところを見つけると、執拗に攻めてくる。

「あ……あ、いや……いや、そこ、いや、ぁ……っ！　おかしく、なっちゃ……っ」

初めての絶頂に、フェリシアは惑乱（わくらん）の喘ぎを高く上げてしまう。ディオンは蜜壺から顔を上げ、その様子を食い入るように見つめながら指を根元まで深く飲み込ませ、親指で花芽を押し潰した。

「……ひぁ……あああ……っ!!」

ビクビクと痙攣（けいれん）するように身を震わせながら、フェリシアは身体を仰け反らせて達する。

蜜壺が蠢き、食いちぎりそうな勢いでディオンの指を飲み込んだ。

「……あ、んん……っ」

頭の中が真っ白になってしまい、フェリシアはそのまま意識を失ってしまいそうになる。

だがディオンは解れたこのときを逃さず、フェリシアの腰を摑んで自分の腰に引き寄せた。

「フェリシア、好きだ」

「……んん……っ」

強烈な圧迫感が、入口に押しつけられる。その熱と硬さにフェリシアの身体は本能的に萎縮してしまいそうになるが、身体を押し潰さんばかりに上体を倒して抱きしめてくれるディオンの力強さとぬくもり、そして初めて聞く熱情的な告白に、耐えることができた。

「好きだ……好きだ、フェリシア。好きだ」

「……ん……んく……っ」

破瓜の痛みに意識を失ってしまいそうだ。だが耳に吹き込まれるディオンの告白が、フェリシアの心を満たす。

ぐぐ……っ、と張り詰めた雄が、フェリシアの蜜壺に押し入ってくる。フェリシアは痛みの涙を散らしながらも、ディオンに手を伸ばした。

「私も……好き……っ」

「……っ」

ディオンが小さく息を呑んだ直後、フェリシアの手を握りしめてくちづけた。舌を搦め捕る激しいくちづけを交わしながら、指を絡め合って手を繋ぐ。

ディオンの身体とソファに押し潰されそうな圧迫感と、全身を引き裂かれるような痛み。だがそれを上回るのは、ディオンと想いが繋がりあったことだ。

「ん……んうっ、う……」

「……は、あ……好きだ、フェリシア……可愛い……」

「ん……んんっ、わ、私、も……好き……ディオンが……好き……っ。ずっと、好きだったの……っ」

「ああ、俺も好きだ。もう全部……俺のものだ……！」

ずくんっ、と、衝撃がやってくる。蜜壺の一番奥にディオンの亀頭が辿り着いたのだと、感覚でわかった。

「……全部、お前の中に入った……わかるか？」

ディオンの片手が、重なっている腹部の間に差し入れられた。ディオンの掌が丸く腹を撫でると、中で肉竿が脈打っているのがよくわかる。

フェリシアは小さく笑った。

「私の中……ディオンでいっぱい、ね……」

「……」

ディオンが再び息を詰め、眉根を寄せながら目を閉じた。

「ディオン……？」

どうしてそんなどこか苦しげな表情をするのか心配になって、フェリシアは呼びかける。

ディオンが、大きく息をついた。

「……これで終わりじゃない。動いていいな？」

動く、とはどういうことだろう？　よくわからないがこの先のことを知らないフェリシアは、ディオンに委ねるしかない。

「私、ディオンが初めてだから……どう動けばいいの……？」

「お前は、何もしなくていい。ただ俺を感じて、気持ちよければ喘いで、自分の身体に素直になってくれ」

こくん、とフェリシアは従順に頷く。中のディオンの肉竿が、質量を増したような気がした。

「ただ……優しくするのは、もう無理だ。お前が可愛すぎるから手加減できそうにない。悪いな」

「え……んあっ！」

ずるりとディオンの肉竿が、引き抜かれる。それに不思議な喪失感を覚えた直後、今度は勢いよく奥を貫かれて、悲鳴にも似た喘ぎを上げてしまった。

初めて男根を受け入れる蜜壺は、抽送に慣れていない。痛みに身体が冷えそうになるが、ディオンは腰を動かしながらフェリシアの胸の頂を舐めて吸い、繋がった場所でさらに硬度を増した花芽を指で捏ねくり回す。

教えられた快感が痛みと同じほどにやってきて、堪らなかった。

「……あっ、ああ……あっ、あんっ」

「フェリシア……可愛い。可愛い……好きだ」

可愛い、好きだ——と何度もディオンの熱い声で囁かれると、やがては痛みも薄れていくから不思議だ。じんわりと広がっていく気持ち良さに、フェリシアは身悶える。

「……んっ、あっ、あぁ……ディオン……っ、好き……っ」

フェリシアも想いを伝えたくて、必死に唇を動かす。ディオンはその喘ぎ混じりの告白を聞くと、嬉しそうに笑いながら——さらに腰の動きを速めた。

「……ああっ！　や、ん……あっ、あっ、あっ！」

恥ずかしいほどに淫らな喘ぎ声が、ディオンの律動に合わせて上がってしまう。ソファが激しく軋み、壊れてしまうのではないかと思うほどだ。

「は……っ、フェリシア……綺麗だ……」

ディオンの息も乱れ、情欲にまみれた瞳がフェリシアの乱れる様をつぶさに見つめている。

その焼けつくような視線にも、背筋がゾクゾクするように感じてしまう。

「……んぁ！」

ディオンの張り詰めた先端が、感じる部分を突いてきた。そこで一度ディオンは動きを緩めると、場所を確認するようにずぐずぐと小刻みに突いてくる。

「……んぁっ、あっ、あふ……っ」

「フェリシア……ここがいいのか」

「……あぁっ!!」

直後に狙って激しく突かれ、フェリシアは跳ねるように身悶える。ディオンが舌舐めずりをしながら、ぐいぐいとそこを狙って亀頭で突いてきた。

「やぁ……！」

「……く……すごい締めつけだ……。俺のがお前に……食いちぎられそうだ……！」

「……駄目……駄目！　そこ、も、駄目っ！」

「イキそうか？　いいんだ、イッてくれ。お前が俺で感じてる顔……最高、だ……」

「……や、や……もう、やめ、て……ぇ……」

蜜が溢れて滴るほど潤っているために、ディオンの先走りと混じってじゅぷじゅぷと淫らな水音が激しく立ち上がる。フェリシアがやめて欲しいと懇願してもディオンの揺さぶりは止まらず、このままでは身体が壊れてしまうのではないかと不安になるのに――気持ちよくて堪らない。

「……あ……あっ、あぁ……っ、ディオン……ディオン……！」

「フェリシア……俺も……」

ディオンがフェリシアを拘束するかのように、きつく両腕で抱きしめてきた。フェリシアも無我夢中でディオンに抱きつく。

どちらからともなく舌を絡めるくちづけを交わし——絶頂を迎える。

「……っ!!」

口をくちづけで塞いでもらっていたおかげで、絶頂を迎える高い喘ぎ声はディオンに吸い取られた。

身体の奥に叩きつけるように注ぎ込まれる熱に、フェリシアは快楽で濡れた瞳を見開く。ディオンはすぐにはフェリシアを離さず、きつく抱きしめたまま何度か腰を振って、精のすべてを飲み込ませた。

「ふ、あ……あ……」

唇がようやく離れても、蜜壺に埋め込まれた肉竿は抜かれない。抱擁も解けないまま、ディオンはフェリシアを包み込み続ける。

「フェリシア……」

その温もりが心地よくて、フェリシアはディオンの背中に腕を回し、甘えるように抱きついた。

(私……ディオンのものになったんだわ……)

ディオンが労わるように頬やこめかみに柔らかいくちづけを与えてくれる。例えようのない幸福感を感じながら、フェリシアは意識を失うように深い眠りに落ちていった。

眠っていたのは、わずかな時間だったらしい。図書室の窓から入り込む陽光の色合いに、さほどの時間経過は見られなかった。

ひどく身体が怠(だる)く、正直に言えば目を開けるのも面倒くさかった。だがこんなところでうたた寝をしていて召使いに見つかれば、窘(たしな)められてしまう。起きなければと身を起こそうとすると、身体を包み込んだ温もりが阻(はば)んできた。

「大丈夫か？」

「ええ……怠いだけ……」

柔らかく問いかけられて、フェリシアは頷きながら瞳を開く。すぐ目の前にディオンの裸の胸があり、フェリシアは声なき恥じらいの悲鳴を上げた。

「……っ!!」

驚きに揺れた身体はディオンが抱いてくれていなければ、ソファから転がり落ちていただろう。

ディオンはソファに軽く足を広げて座り、膝の間にフェリシアを横抱きに座らせ、自分の胸にもたれかかるようにさせていた。心地よい温もりは、このためだったのか。

(そうだわ。私、ディオンと結ばれて……)

ディオンに抱かれたことをまざまざと思い出し、フェリシアは赤くなる。いつもと違う身体の感覚は、そのためか。

脱がしたワンピースを肩にかけさせて抱きしめたまま、ディオンはもう一度問いかける。

「大丈夫か?」

「あ……っ、え、ええ、大丈……」

だがすぐに自分が裸なままであること、ディオンが腰の辺りをくつろがせたズボンだけの姿であることに気づいて、視線を泳がせてしまう。

「……や、やっぱり……だ、駄目……」

「……どこかひどくしたか!? たっぷり舐めて解してやったんだけどな……やっぱり初めてだと、どうやっても辛いか……」

「ちが……っ!!」

赤裸々(せきらら)に言われてしまい、フェリシアはますます赤くなる。思わずディオンの口を両手で押さえると、確信犯的に掌を舐められた。

「何だ、何が駄目なんだ?」

ニヤニヤ笑いながら問われると、少し悔しい。フェリシアは淡い涙目でディオンを睨みつけた。

「ふ、服を……着させて。ディオンも、着て」

「まだお前を抱いた熱が治まらないから、暑い。このままでいい。それに目の保養だから却下だな」

羽織らされていたワンピースもソファの下に落とされてしまい、フェリシアは慌てる。だが片腕だけとはいえディオンの抱擁は強く、がっちり抱きしめられていて逃げられなかった。

フェリシアのこめかみと快楽で濡れた目元に、ディオンが唇を押しつけてくる。擽ったい甘さにフェリシアは満たされた吐息をついて、ディオンの胸に凭れかかった。

「……ん……ディオン……」

「本当に……可愛かった」

フェリシアの唇に、ディオンがくちづけてくる。恋人としてのくちづけは、夢想していたものよりも格段に甘くて素敵だ。

しばし戯れかけるようなくちづけを与えたあと、ディオンがフェリシアを胸の中に深く抱き込んで言った。

「身支度を整えたら、陛下のところに行こう。お前と結婚したいと陛下にお願いしないとな」

ディオンの想いが嬉しくて、フェリシアは泣きたくなる。

カルメル家跡継ぎのディオンならば、フェリシアの相手として何の問題もない。フェリシアはディオンを夫としてやがては女王となり、カルメル家とラヴァンディエ王国の次代を生み、育てることになる。

だが、気になるのは父親の具合だ。ディオンとの結婚となればしきたりに従い、そこに至るまでに幾つかの儀式と式典が行われる。

国王は絶対参加だ。今のリオネルでは、それらは身体に負担をかけてしまうだろう。自分たちの結婚に、障害はない。だからこそ、フェリシアは言う。

「ねえ、ディオン。お父さまの身体がもう少しよくなるまで、待っては駄目？　私たちの結婚に関わる式典は、今のお父さまのお身体には負担になると思うの」

「……そうだな……」

何か思うところでもあったのか、ディオンは軽く顎先を摘まみながら頷く。とりあえず、フェリシアの意見には同感なようだ。

「陛下の御身体のことを考えると、お前の言う通りだ。……ここは陛下に何としても元気になってもらわないと困るぞ。俺の我慢がいつまでも保つ保証がない」

至極真面目な表情で言われて、フェリシアは唖然としたあと——小さく笑ってしまう。ディオンは恋人になるとこんなに甘くなるのかと、擽ったい気持ちだ。

「何を笑ってるんだ」
「ううん、何でもないわ。……ディオン、大好きよ」
女性の方からするのははしたないだろうか。だが想いが溢れてくると、くちづけたくなる。
フェリシアは気持ちのままにディオンに身を寄せ、くちづけた。とはいえ、唇を軽く啄む
だけの子供だましのようなそれだったが。
「……大好き」
唇を離して言いながら笑いかけると、ディオンが無言でフェリシアの後頭部を摑み、唇を
食べるかのように激しくくちづけてきた。
くちづけの激しさから、本能的に情事の匂いを感じ取る。フェリシアはディオンの胸に両
手をついて、軽く押した。
「だ、駄目よ、もう……っ。な、何回もしたら、私、壊れちゃうわ……っ」
したこともない格好をさせられて、身体が痛い。それにディオンのあの激しさを思い返す
と、本当に壊されてしまうような感じがする。……それともあの行為は、回数を重ねれば慣
れてくるのだろうか？
思わずそう問いかけると、ディオンが観念したように苦笑した。
「まあ、そういうこともおいおい教えていってやる。ひとまず、今日はここまでにするか」
ディオンが言い、フェリシアをワンピースで包みながら抱き上げてくれる。自分で歩ける

と言おうとしたが、信じられないほど身体に力が入らなかった。

「あ、ありがとう、ディオン」

「いや、俺のせいだしな。……フェリシア、身支度はお前が一番信頼している者に頼んだ方がいい」

それならば問題はない。呼び鈴を鳴らせばフェリシアの母の頃から仕えてくれている初老の侍女が来てくれる。母が亡くなったあとはフェリシアを娘のように可愛がってくれた、一番信頼している者だ。

「陛下にまだ俺たちのことを話さないのをあれこれ詮索（せんさく）されるのは困る。俺は、自分の口でお前とのことを話したいんだ」

「わかったわ」

フェリシアは頷いて呼び鈴へ手を伸ばした。鳴らせばすぐに一番信頼する侍女が姿を見せ、身支度の準備をしてくれた。

彼女はフェリシアとディオンの様子を見るとすべてを悟り、とても嬉しそうに笑った。

【2】

「……はい、合格です。すごいですね、間違いが一つもありませんよ」

至極満足げな声と表情で、エミールは答案用紙から顔を上げた。同盟国の一つであるパシミヤ王国の公用語の書き取りの結果は、教師役である彼が満足できるものだったようだ。

フェリシアは満面の笑みを浮かべる。

「嬉しい！　エミールの教え方が上手だからよ」

「確かにそれもあると思いますが、姫さまのやる気が一番の要因だと思います。……では、しばし、パシミヤ公用語でお話ししましょうか。書き取りはもちろんですが、会話もできないといけませんよ」

言葉の後半は、もうパシミヤ公用語になっている。フェリシアは少し緊張しつつも、頷いた。

「ええ、わかったわ。間違えたら何か罰ゲームでもある？」

「そんなことはしませんよ。僕の教え方が悪いだけの話です。僕がもっと精進して姫さまがわかりやすい教材を作るだけです」

エミールはニッコリ笑いながら答える。フェリシアも笑みを返したものの、それはどうしても引きつってしまった。

（絶対今より教材が増えるんだわ……!!）

心の中で気合の拳(こぶし)を握りしめ、フェリシアはパシミヤ公用語でエミールと世間話をする。書き取りとは違い会話では砕(くだ)けた単語も入ってくるため、なかなか侮(あなど)れない。

「そういえば、来週はパーティーですね」

開催されるパーティーは、王族主催の定例パーティーだ。貴族の主(おも)だった者たちを招き、王族がもてなす。貴族との繋(つな)がりを保ち続けるためのパーティーだ。

「お父さまは、そんなに長い時間はいらっしゃれないと思うけど……」

参加しないとは聞いていない。余程のことがない限り、欠席はしないだろう。

（お父さまの具合は、相変わらずだし……）

リオネルは他の者に気づかれないよう、いつもどおりに振舞っている。だが無理をしていると感じるときがあるため、フェリシアは心配だった。

「そうですか……まだ陛下の具合は完治されないのですね。きっと姫さまと踊るのを楽しみにしていたでしょうに」

「その分、私がお父さまの代わりに頑張(がんば)らないといけないわ」

少し気張った物言いになってしまう。エミールは見守るように微笑みかけた。

「でしたら僕もお手伝いします。ディオンにも、姫さまの心意気を伝えておきますよ」

パーティーには、ディオンとエミールも招待される。まだ伴侶を迎えていないフェリシアのパートナー役は、自然と夫候補として一目置かれている二人になっていた。フェリシアの中ではもう、パーティーの間自分の傍にいるのはディオンであると思っている。

今度のパーティーは、ディオンと恋人になってから初めてのものだ。ディオンに恋心を抱いてから、彼の隣に並んでも見劣りしないよう自分でも努力してきた——つもりだ。

今度は、ディオンが喜ぶ格好をしたい。

(ディオンはどんなドレスが好きかしら……)

考えてはみるものの、答えは出てこない。よく考えてみたら、ディオンにドレスの好みを聞いたことはなかった。

初めての社交界デビューでディオンがパートナーを務めてくれたが、そのとき以来フェリシアのドレス姿を褒め続けてくれている。嬉しいことは嬉しいのだが、それがディオンの好みと合っているのか外れているのかわからない。

(色合いなら白？　それともピンクとか……でも可愛らしい色でまとめてしまうと子供っぽいと思われるかも)

ならば黒か、藍か。ブルーもいいかもしれない。……色合いをどのようなものにするかだけで思考がぐるぐるしてしまう。

（エミールなら、知ってるかしら……）

フェリシアはチラッとエミールを見やる。視線に気づき、エミールが軽く小首を傾げるように見返してきた。

「どうかしましたか？」

「あ、あの……ディオンは、どういう色が好きかしら？　どういうデザインのドレスが好きだと思う？　エミールは知っている？　今度のパーティーのドレス、どんなものがいいと思う⁉」

「ディオンの好み、ですか」

何だか含みがあるような声音で問い返されて、フェリシアは慌てる。ディオンからエミールには自分たちのことを話してあると教えてもらっているが、気恥ずかしいことに変わりはない。

「あ、あの、特に深い意味はないの！　た、ただ、何となく……何となく、なのよ！」

「何となく、ですね。わかりました。ではそういうことにしておきます」

ディオンのための問いかけだと見抜かれていることに間違いはなさそうだ。フェリシアは両手で顔を覆ってしまう。

エミールはそんなフェリシアの反応に、くすくす笑いながら答えた。

「本当に姫さまは昔からディオン一筋ですよね。可愛らしくていいです」

「……や、やめて、そういうこと言うのは……は、恥ずかしいから……」

エミールの笑みはおさまるどころかますます深くなる。フェリシアは身を縮めた。

「ドレスの方は、姫さまのお好きなもので大丈夫ですよ。ディオンは姫さまが大好きなので、身に着けているものは二の次です」

「そ、そういうことを聞いているんじゃないのだけど……！」

気恥ずかしさがさらに強くなる。エミールは肩を竦めた。

「そうおっしゃられましても、こうとしか答えられません。それなら、思いきって本人に聞いてみるのはいかがでしょう？」

それも恥ずかしい気がするが、エミールがディオンの好みを知らないのならば効果的な方法だろう。フェリシアは少し考えたあと、頷いた。

「わかったわ。き、聞いてみる……」

「頑張ってください。さて、姫さま。パシミヤ公用語での会話ではなくなっていますよ」

「あ……っ！」

ハッとしたときにはもう遅い。動揺した辺りからすっかり自国語になっていたようだ。

青ざめるフェリシアに、エミールが満面の笑みを浮かべた。

「何とも遺憾です。僕の教え方が至らぬばかりに……明日は新たな教材も加えさせていただきます」

フェリシアは両手で頬を押さえ、声にならない悲鳴を上げた。

「何だ、そんなに俺のことが気になってたのか？」

自惚(うぬぼ)れの言葉はエミールが聞いたら即座に突っ込みを入れられるところだが、ここに彼はいない。室内には今度のパーティーのパートナー役を申し込みに来てくれたディオンとフェリシアだけだ。

侍女の気配りによりフェリシアの私室に茶と菓子が用意されて、恋人同士の会話を弾ませる。

エミールの助言に従い思いきって本人に聞いてみたところ、ディオンから返ってきた言葉がこれだった。フェリシアはディオンの返答に突っ込める性格ではない。

「だ、だって……よく考えてみたら、これまでもディオンに恥ずかしくないように頑張ってはいたけど、それがディオンの好みかどうかはわからないってことに気づいたんだもの……」

顔を少し赤くしながらのフェリシアの反論に、ディオンは嬉しそうに笑う。

「フェリシア」

軽く手招きされ、フェリシアは丸テーブルを回り込んでディオンの傍に歩み寄る。ディオンはフェリシアに座ったまま向き直ると、しなやかな腰を両手で柔らかく抱き寄せ、膝の間に入れた。

いつもは見上げることになるが、この体勢だとフェリシアがディオンを軽く見下ろすことになり、何だか新鮮だ。

ディオンがフェリシアの頬に手を伸ばし、そこにかかっていたふわふわの金髪を払いのけながら撫(な)でてくる。

「お前……無意識で言ってるから始末に悪いんだ」

「……何かいけないことを言った……？」

「ああ、言った。可愛がりたくなる」

ディオンが首を伸ばし、フェリシアの唇にくちづけてきた。舌を絡め合う深いくちづけに、フェリシアはあっと言う間に息を乱して頬を紅潮(こうちょう)させる。

「さっきのマカロン、ラズベリー味だったんだな」

ぺろりと唇を舐めて、ディオンが言う。

確かにその通りだが、お茶請けの菓子はチョコレートを一つ摘(つ)まんだだけのディオンが、どうして味を知っているのだろう。フェリシアの問いかけの表情に、ディオンが笑った。

「お前の口の中に、ラズベリー味が残ってた」

それだけ深いくちづけをしたのだと思い知らされたようで、フェリシアは恥ずかしくなりディオンから飛び離れようとする。だがディオンはフェリシアの腰に片腕を絡めたままで離さない。それどころか頰を撫でた手を更に下に滑らせ、フェリシアの肩口から鎖骨を撫で、胸のふくらみを撫でてくる。

柔らかく押し回すように胸を撫でさすられ、フェリシアは更に慌てた。

「ディ、ディオン……何して……！」

「柔らかくて気持ちいいな」

窘めの声などまったく聞かず、ディオンは今度は胸の谷間に顔を埋めてくる。そのまま大きく息を吸うと、うっとりと呟いた。

「いい匂いだ」

「か、嗅いじゃ、駄目！」

卑猥な感じがして、フェリシアはディオンの肩を軽く押す。だがディオンはこれも聞かず、フェリシアの首筋に顔を埋め、髪を軽く揺らした。

「何か付けてるのか？」

「な、何も付けてないけど……」

フェリシア自身、強い香りは苦手だ。公式の場に出るときは嗜みとしてほんのり香る程度のものは付けるが、普段は何もしない。ディオンは軽く頷いた。

「そうだったな。フェリシアは強い香りは苦手だったものな。……だとすると、これはお前の香りか」

すんすんと金髪の中で鼻を鳴らされて、フェリシアは身を捩る。だがその動きもディオンに抱きしめられていてはどうにもならない。

ディオンは深く息を吸い込むと、うっとりと続けた。

「お前の匂いだけでも、勃ちそうだ」

「……っ!?」

情事を匂わせる言葉に、フェリシアは目を見開く。

まだ午後の茶の時間で、レースのカーテンで陽は遮られているとはいっても、昼間だ。明るい光の中で淫らなことはしてはいけない。

「だ、駄目よ、ディオン。こんな明るい時間からすることではないわ!」

「それ、誰が決めたんだ?」

「え……?」

意外な質問をされて、フェリシアは虚を衝かれてしまう。ディオンはフェリシアを横抱きに軽々と抱き上げると、隣室へと向かった。

「明るい時間にしてはいけないって、誰が決めたんだ?」

確かに、そんな法律はない。だがこれは常識とか慎みとかいうものではないか！

「お前が可愛いから抱きたい。どれだけ待ってやったと思うんだ」

「え……っ」

その言い方では、随分前からフェリシアのことを想ってくれていたようではないか。

ディオンはフェリシアを寝室に運び、ベッドに降ろす。思った以上に優しく降ろされると、ディオンはすぐにフェリシアの唇を味わいながら服を脱がせてきた。

手慣れた仕草であっという間に一糸纏わぬ姿にされるが、くちづけと与えられる愛撫に息を乱し、瞳を潤ませ、肌を熱くしてしまうフェリシアに、抵抗の手段はない。

「あ……駄目、ディオン……はしたないわ……」

「……悪い。止まらない」

申し訳なさそうに言いながらも、ディオンの手は止まらない。フェリシアを乱しながら、ディオンは熱い声音で言う。

「もうお前が欲しいという気持ちを、我慢しなくていいんだろう？」

ディオンの薄紫の瞳に宿る光は、フェリシアを求めるそれだ。フェリシアはその瞳に息を呑んでしまう。こんなふうに情欲を露にしたディオンの瞳は、初めてだ。

「……その言い方はずるいわ……」

小さく笑って、ディオンは自分の指を口に含む。そしてフェリシアに見せつけながら、ねっとりと舐め上げた。

はしたないとその仕草から目を逸らさなければならないのに、魅入られて動けない。ディオンはフェリシアを見つめたまま濡れた指をその下肢に伸ばした。

「自分でも、呆れるほどだ……一度味わうと、もっと欲しくなるとはな……」

「あ……あ、あぁ……っ」

「今まで以上にお前のことばかり考えて、おかしくなったみたいだ」

濡れたディオンの指が、花弁の中に潜り込む。ゆっくりと蜜壺の中の感触を楽しむかのようにぬちゅぬちゅとかき混ぜられて、フェリシアは疼くような快感に身悶えした。

「今日は少し、ゆっくりするか。お前を……もっとじっくり味わいたい」

「……え……」

ディオンの指の動きは、言葉通り緩やかに動く。蜜壺の中の感触を確かめるように、ぬちゅ、くちゅ……っ、とわざと水音を絡めるようにしながら動き続けた。

熱く潤った肉壁を指の腹で擦るように探られて、この間とは違う快感が腰の奥に生まれては消える。しばらくそうやってディオンの指が蜜壺の中を探るままに任せ、心地よさにしっとりと喘いでいたフェリシアだったが——不思議なことに、もどかしさがやってきた。

「……ん……んぁ……あ……っ」

（……足りない……）

指では足りない。ゆったりと優しい愛撫も気持ちいいが、激しくされるのがいい。ディオンが自分のことをとても好きなのだと感じられる。

だがそんなこと淫らなことを、口に出せるわけもない。そうしながらも素直な性格が災い（わざわい）し、恥じらいつつフェリシアは全身でディオンを求めてしまっている。

「ん……んぅ……んっ」

知らずに蜜壷を締めつけ、潤（うる）んだ瞳で見返す。乱れた呼吸を繰り返す唇はぷっくりと熟（う）れてわずかに開いたまま、まるで誘うように赤い舌がチラチラと覗（のぞ）いていた。

「……ディ……ディオン……」

「どうした、フェリシア。嫌なのか？」

「ち、違……っ」

何と言えばいいかわからず、フェリシアは口ごもってしまう。だが、腰が無意識のうちに小さく揺れていた。

ディオンがフェリシアの愛らしい痴態に瞳を細めると、ずるりと指を引き抜いた。蜜壷の空虚感（くうきょかん）に、フェリシアは唇を噛みしめる。

止めてもらえてよかったはずだ。なのに身体が熱くて疼いている。それを何とか我慢して身を起こそうとすると、ディオンがフェリシアの身体にのしかかり、シーツに押さえつけるようにしながら腰を押しつけてきた。

「悪かった。ゆっくりだともどかしいか。すぐに奥まで……入れてやる」

「……あ……」

ディオンはフェリシアの足の間に自分の身体をねじ込ませ、下肢の前だけを緩める。そこからむくりと屹立した肉棒を片手で取り出すと、たっぷりと潤っている秘所を勢いよく貫いてきた。

「……あう……っ!!」

勢いの強さに、弓なりに仰け反ってしまうほどだ。息を整える間も無くすぐに動かれて、フェリシアは淫らな喘ぎを溢れさせる。

「んは……っ、はぁ……!」

「フェリシア……っ」

掠れた熱い声で名を呼ばれるだけでも、ぞくぞくと感じてしまう。ベッドが軋み、身体が激しく揺さぶられた。

「あ……あ、あっ、ああっ」

ディオンがフェリシアの足を取り、自分の腰に絡めさせる。結合が一気に深くなり、フェリシアは瞳を見開いた。

「あ……な、に……奥……っ」

張り詰めた亀頭が、ぐっ、ぐっ、と、最奥を押してくる。ディオンはフェリシアの頬を滑り落ちる快楽の涙を舐め上げた。

「あ……あ、駄目……っ。奥は……駄目……っ」

フェリシアが震えながら首を振ると、ディオンは腰の動きを変えてくる。腰を強く押しつけたまま、捏ねるように押し回してきた。

「ふあ……っ、ああ……っ」

引き締まったディオンの下腹部で膨らんだ花弁が押し揉まれて、堪らない。ディオンの舌は、フェリシアの耳を舐めてくる。

「どっちが、いい……？　奥を激しく無茶苦茶に突かれるのと、花弁をこうやって俺の腰でぐりぐり押し回されるのと……」

そんな淫らな答えを口にできるわけがない。フェリシアはディオンにしがみつき、涙目で睨みつけた。

「やだ……意地悪、しないで……」

ピキッ、とディオンの動きが止まった。どうしたのかとフェリシアが尋ねる前にディオンは腰を両手でがっしりと掴み、猛烈な勢いで腰を振ってくる。

「はあっ！　んあっ、あっ！　ああっ!!」

「お前、は……もう少し、考えて言え……！」

「……やぁ……ん！　激し……っ!!」

肉のぶつかり合う音が――蜜と先走りが絡み合う淫らな音が、重なる。ディオンの荒々しい呼吸がフェリシアの耳元で繰り返されて、それも快感を高める要素にしかならない。

(ディオンが……私に、感じてくれている……)

そう思うと、愛おしさがさらに募った。その気持ちがフェリシアの蜜壺をさらに蠕動させ、ディオンの肉棒をぎゅうぎゅうに締めつける。

ディオンが軽く息を詰め、それから笑った。

「……は……っ！　すごい、締めつけだ……気持ちいい……最高だ、フェリシア……っ」

「……ん……んぁっ、あ……わ、たしも……っ、気持ち、いい……っ。いい、の……ディオン……っ」

ディオンがフェリシアの臀部を両手で掴み、軽く腰を浮かせる。容赦なく奥を突き破かんばかりに突かれて、フェリシアは細い喉を仰け反らせながら喘いだ。

「……あぁ……っ！」

「……フェリシア、パーティーのドレスのこと、だけどな」

ずぐずぐと蜜壺を侵す動きを止めないままで、ディオンが言う。意識を飛ばしそうになっていたフェリシアは、言葉の意味をよく理解できていないまま、ぼんやりとディオンの律動に乱れながらの声を聞いている。

「お前は……裸が一番綺麗だ。何も飾らなくていい」

「……んぁっ！」

ぐりっ、と感じる部分を押し回されて、フェリシアは涙を散らす。ディオンは押し重なっていた上体を起こし、フェリシアをうっとりと見下ろした。

「この緩い、ウェーブの金髪……この、透き通った新緑色の瞳……可愛い桃色の唇も滑らかな白い肌も……」

自分に対する賛美はとても嬉しいのだが、ディオンの言葉としては聞き慣れていないため、何とも気恥ずかしい。それでも褒められる喜びが、蜜壺をきゅんっと切なくさせる。

「……中が、締まった……俺に褒められて、嬉しいか？」

「そ、れは……もちろん、よ……」

「じゃあ、もっと褒めてやる。この俺の掌にちょうどいい胸も、このツンと尖った頂も、細い腰も……俺を受け入れる濡れた感触も、締めつけ具合も……」

「や、めて……恥ずかしい……！」

性的で露骨な褒め言葉は、嬉しさよりも羞恥の方が強い。ディオンの賛美を止めようとしたフェリシアは、じっと自分を見下ろしているディオンの焼けつくような視線にゾクリと身を震わせたあと、ハッとした。

……そうだ。ここは寝室だがまだ昼間で、明るい部屋の中なのだ！

「……いや！　ディオン、カーテンを……！」

「駄目だ。明るいところでお前の乱れている様子をじっくり見たい。綺麗なんだから気にするな」

「……いや……いや、駄目、見ては駄目……！」

恥じらって身を捩っても、ディオンとの結合が深まり肉竿を絞り上げるばかりで逆効果にしかならない。ディオンが欲情にまみれた薄紫の瞳をさらに強めながら、抽送を速めた。

「駄目だって言ったぞ。お前が達する様子も……全部、余すことなく、見る。ずっと見たいと思っていたものだったんだ……！」

「……はぁんっ!!」

せめて顔を見られないようにと慌てて両手で覆おうとしても、遅かった。ディオンの抽送の激しさに、両手はシーツをきつく握りしめることしかできない。

「……俺の動きに合わせて、胸が、揺れてる……な……っ」

たぷたぷと揺れ動く胸の膨らみをフェリシアも見てしまい、その淫らな様子が恥かしいのに身体は高まってしまう。揺れる膨らみの先端が赤く熟れて、固く凝っているのもよくわかった。

加えて視線を胸に向けた直後、ディオンはフェリシアの膝を両手摑んで大きく押し広げてくれたため、ディオンの引きしまった腰が自分を貫いている動きが目の当たりになってしまう。

筋の浮き出た赤黒い男根が、自分の中から出ていき、また根元まで押し込まれる。淫らで恥ずかしい行為なのに興奮してしまうのは、この繋がりを結べるのはディオンとだけだと思えるだからだろうか。

「ここも……たっぷり濡れてひくついて……この可愛い粒が尖っているのが、感じてる証拠だ。わかるか？」

「……あっ！　あぁっ」

突き入れながら敏感にしこった花芽をくりくりと指で押し潰されて、フェリシアは堪らずに声を高める。

「……いい、か……ここには、俺だけしか入れる、な……！」

他の誰にこんなことをさせるというのか。フェリシアにとっては馬鹿馬鹿しい確認でしかない。

「ディオン……だけ、よ……こ、んなこと……あなたにしか、させない……！」

フェリシアの熱っぽい返事に、ディオンは嬉しそうに笑う。そして互いの絶頂を迎えるべく、さらに激しく腰を動かしてきた。

「……ん、んぁ……あっ、あ……あああぁっ!!」

視界がパチパチと弾けるような絶頂が、フェリシアの全身を駆け抜ける。戦慄くように震える身体の最奥に熱い飛沫を余すことなく注ぎ込み、ディオンは満足げな息を深く吐きながらフェリシアの唇にくちづけた。

ちゅ、ちゅっ、と宥めるように繰り返されるくちづけに、とろりと意識が溶けそうになる。

抱き合ってシーツに沈み込みながら、ディオンはフェリシアに囁いた。

「パーティーのドレス、俺が選ぼう」

「……え……」

「お前に似合うものは何かを考えるのも、楽しい」

ディオンが自分のためにドレスを選んでくれる。一体どんなものを選んでくれるのか、楽しみでたまらなくなる。

フェリシアはディオンの胸に頬を寄せて、微笑んだ。

「じゃあディオンに……お願いするわ」


前日にディオンから直接届いたドレスを纏い、フェリシアは王族主催のパーティーに参加した。

肌触りのいいとろけるような光沢ある絹で仕立てられた落ち着いたピンク色のドレスは立て襟で、スカートの裾から襟の部分までずらりと小さなくるみボタンが並んでいる。袖はふんわりと膨らんではいたが肘のところできゅっと細く絞られて、その先を手の甲まで覆うようなデザインだ。

ペチコートでふんわりと膨らませたスカートは、後ろに大きなリボンを結ぶようにしている。柔らかな金髪は結い上げて耳元を出し、小粒のダイヤのイヤリングで飾った。

楚々とした雰囲気でまとめているのに上半身の身体のラインが結構はっきりと出てしまっていて、それがフェリシアの女性らしい胸元や腰つきを露にしている。極力肌を出さないようにしつつも、フェリシアの発展途上中の女の艶も現すものだ。

鏡に映った自分がいつもより少し大人びて見えて、フェリシアはそのドレスをとても気に入った。着付けてくれた召使いたちもよく似合うと絶賛してくれた。

ディオンのエスコートを受けてパーティーに参加すると、そのせいかいつも以上に参加者たちから注目されたように思える。初めのダンスをディオンと踊りながら、フェリシアは恋人に気恥ずかしげに問いかけた。

「……ドレス、ありがとう。ど、どうかしら……？」

「よく似合ってる。さすが俺の見立てだな」

ディオンが褒めてくれて、嬉しい。おかげでダンスのステップがいつも以上に軽やかになる。

次にエミールと踊ると、彼はフェリシアの姿をまじまじと見つめたあと、笑いながら言った。

「これがディオンの好みかぁ……何か、独占欲の現れって感じのドレスですね」

このドレスがどうしてそうなるのかわからず、フェリシアは小首を傾げてしまう。

「肌を極力見せないドレス！　これって自分以外に姫さまの肌は誰にも見せないよっていうことですよ」

踊り終わったあとには真っ赤になってしまい、フェリシアはいつも通りの王女としての自分を取り戻すのに少し苦労してしまった。

結婚適齢期の青年貴族たちはもちろん、他の青年貴族たちからの視線も集めていて、声をかけたそうにこちらの様子を窺っている。フェリシアはその注視を気にしつつも後ろにディオンを従え、父親とともに招待した貴族たちの相手をするのに忙しかった。

リオネルのために椅子を用意していたが、幸い今は体調がいいようで必要なかった。それでも何かあったらすぐに支えられるようにと、フェリシアは傍に控える。

貴族たちは次々とリオネルに挨拶に訪れる。見舞いの言葉を口にしない者はなく、リオネルは彼らを安心させるように笑顔を浮かべた。フェリシアも父親とともに貴族たちとの会話に余念がない。

しばらくそうしていると、リオネルが大きく息をついた。無意識のうちに零してしまった疲労のそれだとわかり、フェリシアはそっと父親の腕に触れる。

「お父さま、そろそろお休みになられたらいかがでしょう。ひと通りの挨拶は終わりましたし、あとは私がいれば大丈夫だと思います」

「しかし……」

「お父さまがまたお倒れになられては、皆が心配いたします。早くご回復なさって」

フェリシアの労りの言葉に、リオネルが嬉しそうに笑って頷いた。フェリシアの頰を優しく指で撫でる。

「お前ももう一人前の王女だな。私の足元にまとわりついていた子供の頃が、遠い昔のようだ」

「少しは成長しなければ、民に示しがつきません。お父さま、ひどいですわ」

父親の軽口は、むしろフェリシアをホッとさせる。

そんなことを言える程度には、今日の体調はいいと言うことだ。原因がはっきりとわかっていない状態だからこそ、無理はさせたくない。

「では、お前の言葉に甘えさせてもらおう。エミール、ついてきてくれるか」

部屋までの供を命じると、エミールはすぐに傍に付き添った。フェリシアの心配げな顔を見て、安心させるように笑いかける。

「大丈夫ですよ。ちゃんと陛下がお休みになるまでお傍にいますから」

「お願いね、エミール」

他にも数人の召使いを従えて、リオネルとエミールはホールを後にしていく。

本当は自分が部屋に送り届けたい気持ちだったが、ここでフェリシアまで席を立ってしまったら招待されている貴族の面々を放ってしまうことになる。それは、できない。

(お父さまにはエミールがついてくれるから、大丈夫)

フェリシアは気持ちを切り替えると、一歩離れたところに控えてくれていたディオンへと片手を差し出した。

無言の命を受けて、ディオンがすぐに歩み寄ってくる。フェリシアの手を優雅に取ると、ダンスを楽しむホールの中心へと導いてくれた。

フェリシアがダンスの中に入ると楽団が一度曲を止め、改めて始めから演奏し出す。ディオンにリードされて、フェリシアは軽やかなワルツを踊り始めた。フェリシアのダンスの相手は大抵ディオンかエミールで、いつも息がぴったりと合っている。

ディオンとこうして踊るのは好きだ。王女と仕える者ということは、公式の場では絶対で──幼馴染の気安さはどうしても出せない。けれどダンスのときは密着しているから、気安い会話も聞かれることはなかった。

踊りながら、ディオンが優しい声音で言う。

「偉いぞ」

「……え? 何が?」

何を褒められているのかわからず、フェリシアはキョトンとしてしまう。

ディオンがフェリシアの腰を柔らかくホールドして、ターンした。ドレスの裾がふわりと広がり、その軽やかさと美しさに誰からともなく感嘆のため息が溢れる。

「もう立派な王女殿下だと思っただけだ」

リオネルとのやり取りを見て褒めてくれているのだと、フェリシアは気づいて嬉しくなる。

「亡くなられたお母さまは、お父さまが次の王妃を迎える気持ちになれないほどに素晴らしい方だったわ。お父さまも国のために尽力することを一番に考えている。私もお父さまやお母さまのようになりたいと思うし、何よりも私に仕えてくれる人たちを幻滅させることはしたくないわ」

フェリシアの言葉に、ディオンが微笑んでくれる。自分が目指そうとしているものは間違っていないと確信できた。

一曲を踊り終えると、ディオンはフェリシアから離れた。直後に殺到するようにして、ダンスの申し込みがくる。

彼らの申し込みを断ることは王女としてできず、フェリシアはディオンと離れてしまうことを少し寂しく思いながらも彼らとのダンスをこなしていく。

踊りながら他愛もない世間話をするのも、フェリシアの役目だ。それでも時折ディオンの視線を感じてそちらに目を向ければ、彼が何かとフェリシアのことを気にしてくれていることが感じられる。その薄紫の瞳に少し嫉妬の色が見て取れたのは、フェリシアの願望だろうか。

連続で踊っていると、さすがに疲れてくる。次のダンスに入る前に休憩しようとソファに向かおうとすると、そのときのダンスの相手だった青年貴族が付き添ってくれた。

「姫さまはこちらでお待ちください。何かお飲物をお持ちします」

「ありがとう」

ソファに深く座り、フェリシアは無意識のうちにディオンの姿を探していた。実はこうしたパーティーの場でディオンの盛装姿を見ることは、フェリシアの密かな楽しみでもあった。

武のカルメル家御曹司ということもあるためか、武術で鍛えたディオンの盛装姿は他の青年貴族たちとは少しは違う。なよなよとした雰囲気は一切なく、しなやかな獣が行儀よくしている感じだ。

それにエミールや自分と一緒にいるときの気さくなディオンではなく、カルメル家の後継者として他の貴族たちと渡り合っている様子は、頼もしくて惚れ惚れするところでもある。

だが今、追いかけたディオンの姿は、色とりどりの花が咲いているかのように着飾った若い令嬢たちに囲まれて、愛想よくしている様子だった。

フェリシアと同じ年頃の令嬢たちは、一様にディオンに憧れの瞳を向けている。ディオンの傍には彼の父親のクレマンもいて、カルメル家として社交していることは明らかだ。……わかっていてもチリリと胸に小さな痛みを覚えるのは、嫉妬しているからか。

今すぐ、ディオンは自分の恋人だと大声で言ってしまいたい気持ちになる。だがリオネルの体調が回復するまで待ってほしいと言ったのは、自分だ。ディオンに我慢してもらっているのに、それは言えない。

（私、我が儘だわ……）

自分勝手な気持ちに自己嫌悪になりながらため息をつくと、フェリシアの前に影が落とされた。飲物を持ってきてくれた彼だろうと顔を上げて、フェリシアは小さく息を呑む。

シャンパングラスを持ってフェリシアの前に立っていたのは、あの青年ではなく——フェルナンだった。

「……っ」

不意打ちのように現れたために、フェリシアは言葉に詰まる。挨拶をしなければと思いながらも、ディオンに思わず打ち明けてしまったあの粘着質の冷たい目で見られて、心が萎縮してしまった。

フェルナンはまだ何もしていない。それなのにこんなふうに思うのは失礼だ。……わかっていても、どうしても嫌悪感を拭えない。

「御機嫌よう、フェリシア姫。よろしければどうぞ」

シャンパングラスを差し出しながら、フェルナンが言う。

フェリシアは心の中で一度深呼吸したあと、笑みを浮かべた。……多分、引きつったものにはなっていないはずだ。

「ありがとう、フェルナン」

「お隣に座ってもよろしいでしょうか？」

本心は嫌だ。だが仮にも三家の一つ、ディフォール家の当主を理由なく邪険にすることもできない。

フェリシアは仕方なく――けれどもそうとはフェルナンには気づかれないように――頷いた。

「ええ、どうぞ」

フェルナンはフェリシアの隣に――ドレスの裾が彼の膝に軽く触れるほど近くに座してきた。フェリシアは少し腰の位置をずらす。

フェルナンがフェリシアの姿をまじまじと見つめてくる。それこそ頭のてっぺんから爪先までだ。何だか値踏みされているように思えて、寒気のような感じを覚えてしまう。

フェリシアはその視線から逃れるように、シャンパングラスを口にした。この程度のアルコールならば飲み慣れているはずなのに、なぜかひどく苦味を覚えてしまう。

「陛下はお部屋にお戻りになられたのですね」

「……ええ。今日は体調がいいみたいだけど、疲れが影響するといけないと思ったの。だから私がお願いして、お部屋に戻ってもらいました」

「そうですか。陛下がいらっしゃるときにお話しさせてもらおうかと思ったのですが……残念です」

(話……?)

そういえば先日、回廊ですれ違ったときにも、フェルナンは気になることを言っていた。

リオネルと何かを話しているとのことだったが、それを追求するのはまだやめておいた方がいいとのことだった。一体フェルナンは父親と何を話しているのだろう。

(何だろう……嫌な感じがする)

「しかしフェリシア姫、最近とみに美しくなられましたな」

「……どうもありがとう」

「亡き王妃殿下よりもお美しくなられているように、私としては思われます。姫もそろそろお年頃ですしな。ご結婚のことについて、もうお考えなさった方がよろしいでしょう」

ラヴァンディエ王国の王女として生まれたからには、迎える夫に文句をつけることはできない。慣例に従って、自分は三家の誰かを夫として迎えることになる。だがそれはもう、ほぼ確定済みだ。

リオネルの体調の回復を待って、ディオンと話をする。三家の御曹司で年頃もちょうどいい彼が、リオネルに拒まれることはあり得ない。

フェリシアは背筋を伸ばし、フェルナンを軽く睨みつけるようにして答えた。

「この国の王女として、誰を選ばなければならないのかはちゃんと理解しているわ。心配するようなことはありません」

「そうですか。それはとても心強いですな。姫がお美しい姫君というだけではなく、王女としてのご自覚もきちんとお持ちであることをとても誇りに思いますぞ」

馬鹿にされたような気がするのは、気のせいだろうか。だが文句を言うのならば、フェルナンの傍から離れたい。

フェリシアはグラスをフェルナンに返す。

「少し、踊ってきます」

「ああ……では、私と一曲いかがでしょうか」

グラスの足を持ってくれるのかと思いきや、フェルナンはそれごとフェリシアの手を包み込むように握りしめてくる。手袋をしていないためにフェルナンの体温が伝わってきて、フェリシアは身震いした。

見返す片眼鏡越しの瞳はひどく冷徹で、フェリシアへの好意は感じられない。本能的な嫌悪感から、離して欲しいと叫びたくなる。だがそんなことを言えばこの場にいる者たちから不審の目を向けられるのは当然で、フェルナンに対して何事かと思われるだろう。

三家の一つを、不用意な一言で不審の眼差しに晒すわけにはいかない。フェリシアはぐっと堪え、さりげない仕草でフェルナンの手を振り解こうとする。

——だがそれよりも先に、フェリシアの手を包み込んだフェルナンの手首が、横からディオンに摑まれた。

「これはフェルナン殿。姫さまとご歓談中に申し訳ありません。我が父が、姫さまと少々お話ししたいことがあるとのことで」

「……っ」

フェルナンが、わずかに顔をしかめる。手首を摑むディオンの力はそれなりのものらしい。それでもフェルナンが手を離そうとしないと、さらにディオンは力を込めてくる。

「……う……くぅ……」

フェルナンが観念したように小さく息をつき、手を離す。ホッとしたせいかグラスを落としてしまいそうになると、ディオンが取り上げてくれた。

「姫さま、申し訳ございませんが少しお時間をいただいてよろしいですか」

「……え、ええ……もちろん」

今はとにかく、フェルナンから離れたい。フェリシアはかすかに震える身体をゆっくりと立ち上がらせる。ディオンがさりげなくフェリシアの傍に寄り添い、身を支えてくれた。

ディオンとフェルナンのやり取りは、彼ら自身の身体が影になって他の者には見られていない。パーティーは特別な揺らぎもなく進んでいる。

ディオンに凭（もた）れかかってしまいそうになるのを堪えて、フェリシアはクレマンの方へ向か

おうとする。その背中に、フェルナンが低く言った。

「すでにもう国王気取りか。若造が」

ディオンに対する明確な敵意を込めた言葉だ。敵意ある言葉にフェリシアは驚いてフェルナンを窘めようとそちらに向き直ろうとするが、ディオンに肩を抱き寄せられて止められてしまう。

「いい、気にするな」

「……でも」

「国王になるということにあまり興味はないが、お前の伴侶になるというのは本当だからな。好きに言わせておけばいい」

ディオンが、甘く笑いかけてくれる。フェリシアは少し頬を赤くして、頷いた。

二人でクレマンのところに行くと、彼が温かい笑顔で迎えてくれる。娘を見守るような笑顔だ。

隣にはエミールの父親ジルベールもいて、同じ笑顔を向けてくれる。二人が自分たちの子供と同じようにフェリシアを可愛がってくれていることは、今でも変わらない。

「大丈夫でしたか、フェリシアさま」

クレマンの呼びかけに、フェリシアは頷く。

「ありがとう、クレマン。気を遣ってディオンを寄越してくれたのね」

「いえ、私の方は何もしてませんよ。二人の様子を見るなり愚息が慌てて行っただけです」

「……父上！」

ディオンが低い声で威嚇するように呼ぶ。ディオンが常にフェリシアの様子を見守ってくれていた証か。

(他の女の人たちに囲まれていたのに……)

そんなことで嫉妬していたのが恥ずかしくなる。フェリシアははにかむように笑いかけた。

「ありがとう、ディオン」

「いちいちそんなことで礼を言わなくていい。これくらい、当然だ」

「——父上。戻りました」

エミールが戻ってくる。すぐさま父親の様子を確認すると、エミールは大丈夫だと教えてくれた。フェリシアはほっと安堵の息をつく。

だがエミールの方は、フェリシアたちの間に漂っているわずかな緊張を感じ取ったらしい。どうしたのかと問いかけ、ジルベールから先ほどの様子を聞くと、笑いながら続けた。

「しばし姫さまは僕たちとご一緒した方がよろしいかと思います。またフェルナンに付きまとわれると面倒ですからね。……ディオンが色々と」

最後の言葉はフェリシアにだけ聞こえるように、声音を落として耳元で囁いてくる。フェリシアはエミールを軽く睨みつけた。

「な、何を言っているの、エミール」

「いいじゃないですか。堂々とディオンに甘えられますよ。さ、どうぞどうぞ存分に」

エミールがフェリシアをディオンの方に押しやる。ディオンは当然だと言うようにフェリシアの手を取った。

フェリシアもディオンの傍にいることはとても安心できるため、甘えさせてもらうことにした。

クレマンたちはフェリシアの傍を離れ、他の貴族の面々との交流に向かっていく。気心知れた二人が傍にいてくれると、フェリシアの強張った心もいつも通り落ち着いてきた。

伴侶候補としては最有力者となるディオンとエミールが傍に控えていると、フェリシアに近づく者もいない。

「しかし……最近目につくようになってきたな」

「フェルナン殿だよね。焦ってきているのかも」

「……焦る？　何を焦っているの？」

ディオンとエミールには何か思うところがあるようだが、フェリシアには思い当たらない。顔に出さないように気をつけてはいたが、ディオンの傍ではそれも上手くいかなかった。不安げに見返したフェリシアに、ディオンが安心させるように笑いかける。

「まあ、それはこちらの問題だ。姫さまは何も心配せず俺たちに任せていればいい」

「それで、大丈夫なの……？」

「そうですね。何があってもディオンの言葉を信じてくださることが、僕たちにとってはとても心強いことです」

「ええ、わかったわ」

ディオンの言葉を信じる。それはフェリシアがいつもしてきたことだ。

フェリシアの揺らがない返答に、エミールが笑った。

「愛されてるねぇ、ディオン」

「俺がそれ以上に愛してるからな」

しれっと世間話のように続けられた会話にフェリシアも笑おうとして慌てる。うっかり聞き逃してしまいそうになったが、何てことを当たり前に言っているのか！

「ディ、ディオン！　やめて、恥ずかしいわ……！」

「声の大きさには気をつけてるから大丈夫だ。エミール以外には聞かれてない」

「そ、そういう問題ではなくて……」

ディオンはまったく気にせず腕を組み、思案げな顔になる。何か難しい問題が起こっているのだろうか。

「ディオン……？」

「いや、何でもない。そのときが来たらちゃんと話すから、もう少し待っててくれ」

「……わかったわ」

フェリシアに向かって、比較的仲のいい令嬢たちが数人やってくる。ディオンとエミールが控えているために、近づきがたいようだ。

フェリシアが微笑みかけると、安心したように歩み寄ってきた。

「フェリシアさま、御機嫌よう！」

「まあ、マリーン、ユーフェル、御機嫌よう！」

女同士の話をすればいいと言うように、ディオンとエミールがフェリシアから少し離れる。

令嬢たちとソファに座ったフェリシアは、最近の流行のことなどを話し始めた。

やはりフェリシアも王女とは言え、年頃の娘だ。同じ世代の令嬢たちとの会話を弾ませて、ずいぶんと楽しそうだった。

フェルナンに妙なちょっかいを出されたことで萎縮した心も、今は解れているようだ。そんなことを周囲に知らせないようにしてはいても、自分の前では無意味だ。すぐにわかる。

令嬢たちとの会話に意識を向けているため、様子を見守りながらこちらが警戒しつつ会話をしていることに、フェリシアは気づいていない。

「……フェルナン殿、やっぱり姫さまを手に入れるつもりかな」

「させるか。あいつにフェリシアは勿体ない」

談笑するフェリシアから一時も目を離さないディオンの断言に、エミールは肩を竦める。

「違うでしょ。俺のものだから手を出すなってことでしょ？」

「……お前、本当に嫌な奴だな」

苦味のあるディオンの言葉に、エミールはクスクス笑う。ディオンの瞳がホール内に移動し、フェルナンを追いかけた。

社交の場ということで、フェルナンも他の貴族たちと談笑している。だがディオンの視線にはすぐに気づき——目が合うと軽く睨みつけてきた。一瞬だけの睨みのため、よほどフェルナンと自分のやり取りを注視していなければわからないだろう。

その一瞬の睨みを、ディオンも怯むことなく受け止める。それどころか、いつでもかかってこいという気持ちを込めて、見返した。

エミールが宥めるように肩を叩いた。

「はいはい、そこまでにしてね。こんなところで手袋投げつけるような真似はしないでよ」

「……わかってる。だがあの感じからすると、かなり気をつけておいた方がいいかもしれない」

「うん、それは僕も父上も同じ考えだよ」

「場合によっては、フェリシアを城から連れ出す必要性も出てくるかもしれないな……」

「……うん、わかった。準備だけはしておく」

エミールの返事に軽く頷いて、ディオンはフェリシアへと目を戻す。令嬢たちとの会話に軽く笑い声を上げたフェリシアは、ディオンの視線に気づいてすぐに顔を上げ、柔らかく微笑みかけてきた。……その美しい微笑を目に留めるだけで、男の欲望が疼く。

幼馴染でも上位の者としてでもない微笑みは、恋人としてのものだ。それを見ることができるのは、自分だけでいい。

【3】


「……お父さま、顔色が悪いわ……」

執務を終えて昼食を一緒にとっていたのだが、リオネルの食事は今日はあまり進んでいなかった。フェリシアはその様子にすぐに気づき、なるべく食べやすいスープやオートミールなどに食事を変えてもらったのだが、それでもあまり良くはならなかったようだ。リオネルのスプーンが止まる回数が増え、顔色が悪くなっていくのがわかる。

「いや、大丈夫だ。お前との食事の時間はとても楽しいんだよ」

「嬉しいわ。私も同じよ、お父さま。でも、お身体の調子が良くないのならばお休みになってくださっていいのよ」

自分に心配をかけないようにしてくれることはわかるが、それで無理してもらっては哀しい。フェリシアは傍に控えていた者たちに、父親を部屋に送っていくように命じた。

「……心配をかけてすまない、フェリシア」

「いいのよ、お父さま。今はゆっくりお休みになって。お父さまをお願い」

召使いたちに父親を任せたあと、フェリシアは椅子に腰を下ろす。

薬もちゃんと飲んでいるし、医師にも診せている。だが、原因がわからないと言われるばかりで、治る様子が感じられない。

いいや、元気なときはいつも通りの父親だ。それが急に具合を悪くする。これは一体どういうことなのだろう
(……今度、私も医学書を見てみようかしら……)

医学の知識はなかったが、医学書を読むことで自分でも何かできることが見つかるかもしれない。どれを読むのがいいか、エミールに聞いてみるのも手かもしれなかった。

新たに小さな希望を見つけられたような気がして、食後の茶もそこそこにエミールへ使いを出してもらおうかと立ち上がる。そこに、新たな召使いがやってきた。

「失礼いたします、殿下。フェルナン殿がお見えに……」

「フェルナンが?」

室内にフェリシアしかいないことに気づき、召使いは困った顔になる。フェリシアは立ち上がりかけた腰を戻し、頷(うなず)いた。

「私でよければ代わりに話を聞くわ。お父さまは少しお休みになったの。そう伝えてくれる?」

だがフェルナンの方は、すでに召使いのあとに続いている。これは、事前に会う約束が取

り交わされていたのか。

「陛下のお身体の調子がまた……？　それで、大丈夫なのですか？」

言いながらフェルナンは食堂に入ってきて、フェリシアに臣下の礼を取る。

「ええ、大丈夫よ。また少しお休みになられたら、体調も戻ると思うわ。ごめんなさい、お父さまと会う約束をしていたのかしら」

「いいえ、急ぎの件ではございませんので。むしろ、フェリシア姫と偶然でもこうしてお会いできて嬉しいですな」

「……っ」

フェルナンがフェリシアの傍(そば)に歩み寄り、片手を取ってくる。流れるような仕草でフェリシアの手の甲にくちづけを落としてくるが、それにザワリと言いようのない嫌悪感を覚えてしまい、フェリシアは反射的に手を引っ込めた。

子供の頃は、フェリシアのことを煩(うるさ)いと思っていたはずだ。クレマンやジルベールは、王城に来て時間があるときは一緒に遊んでくれた。それこそ、ままごとにすら付き合ってくれたのだ。だがフェルナンは、幼い自分には王女としての最低限の相手しかしなかった。

それが今になってどうしてこんなふうに接触を持ってくるのか、気持ち悪い。

「私が話を聞かなくても大丈夫なのね？　ならば下がらせてもらいます。午後も授業があるの」

「王女殿下はご自分のお役目を果たすことをよく理解しておられて、心強い。あなたはこの国の王女。ゆくゆくは三家の誰かを夫として迎え、この国の世継ぎといずれかの三家の世継ぎをお産みになられる尊いお方だ。お身体は、お大事になされよ」

「……ええ、ありがとう」

今更のように自分の役目が何なのかを教えられて、有難い訓示よりも不快感が強まる。それに今の言い方では、自分はまるで子を産むだけの道具のような物言いではないか。

「フェリシア姫、もしお身体の具合などが悪いときはお声かけください。良い医師をご紹介しましょう。そういうツテが、私にはありますのでな」

「……お気遣いをありがとう。では、失礼するわ」

フェリシアは逃げるようにして食堂を出ていく。立ち去っていく自分の姿をフェルナンがじっと見つめているのが感じられ、悪寒(おかん)のような震(ふる)えにフェリシアはそっと自分を抱きしめた。

クレマンからリオネルへの書状を届けに来た帰りだと言って、ディオンがフェリシアの許(もと)に立ち寄ってくれたのは翌日のことだった。

代わりにリオネルからクレマン宛の書状も預かったために長い時間一緒にいることはでき

ないながらも、会えたことがとても嬉しい。特に昨日のフェルナンの粘着質の視線を思い出すと、何とも表現し難い嫌悪感に身震いしてしまうから余計だ。

それでもせっかくの短い逢瀬で沈んだ顔を見せたくはなくて、フェリシアは明るくディオンを出迎える。信頼している侍女のおかげで室内に入ればすぐに二人きりになれ、柔らかい抱擁を交わし合い、ベッドに倒れ込みたくなる寸前の激しく濃厚なくちづけを交わせた。

甘い恋人同士のひと時は、フェリシアの鬱々とした気分を一瞬で拭い取ってくれる。

(これも、ディオンだからだわ……)

ディオンへの想いを改めて確認するフェリシアの唇には、彼と一緒にいられる喜びのために微笑が浮かぶばかりだ。それなのにディオンはくちづけを終えたあと、ひどく心配そうに顔を覗き込んで問いかけてくる。

「何かあったか？」

「……え……？」

「そういう顔をしてる。どうした？」

昨日のことがそんなに表情に出てしまったのか。フェリシアは慌てて顔を背けるが、それよりも早くディオンの片手が頬に添えられて、優しい仕草ながらも視線を逸らせないようにしてくる。

「何かあったかそうでないかくらい、ちゃんとわかる。誤魔化すようなら——悪戯するぞ？」

どんな悪戯をされるのか、わざわざ確認をしなくても直感的にわかる。フェリシアは慌て
て首を振った。

「だ、駄目……！　今はそんなに長く一緒にはいられないんでしょう!?」

「まあ、短く終わらせる方法もないわけじゃないから、大丈夫だろう」

「だ、大丈夫じゃないわ！　な、何なの、それ！　短く終わらせる、なんて……わ、私は嫌
だわ。ディオンに長く愛されている方が、気持ちいいもの……」

そんなおざなりの愛撫は、何だか寂しい。だからこその文句だったのだが、ディオンにと
っては逆効果だったらしい。

突然荒々しくくちづけられ、息苦しさに腰が砕けてしまう。

「……だから、無自覚に煽るのはやめろ……」

「……私、煽ったの……？」

まったく自覚がないから、フェリシアは戸惑ってしまう。ディオンは呆れたように大きく
息をつき、フェリシアにこつんと額を合わせてきた。

「煽った。我慢できなくなったらどうするんだ」

「そ、それは……っ」

あの昂りをおさめるには、それなりに時間がかかるだろう。ディオンはフェリシアの唇に

軽く啄むようなくちづけを与えた。

「まあ、我慢できたから良しとするか……」

「気、気をつけるわ……」

何をどう気をつければいいのか今のところさっぱりわからなかったが、ひとまずフェリシアはそう言う。

今度機会を見つけて、エミールに対策を聞いてみよう。エミールならば、きっと良い案を教えてくれる。真剣にそんなことを思ったフェリシアの気持ちが手に取るようにわかったのか、ディオンが苦笑した。

「気をつけるのは俺の方もだな。悪い。お前の可愛いところを見ると、すぐに我慢できなくなってしまう」

ディオンの言葉にフェリシアはぽっと頬を染めたあと、はにかむように笑いかける。ディオンがフェリシアの目元に優しくくちづけたあと、続けた。

「で？　何があった？」

フェリシアから話を聞かなければ帰るつもりがないのは、顔を見ればわかる。書状を持ち帰らなければならないディオンの邪魔をするわけにもいかず、フェリシアは素直に昨日のことを話すしかなかった。

ディオンは黙ってフェリシアの話を聞いてくれていたものの、言葉が進むにつれてひどく険しい表情になっていく。このまま剣を持ってフェルナンの許に行きそうなほどの険しさだ。

「……あの……ディオン……？」

「あいつ……お前に色目を使ったのか。殺してやればいいか？」

「ま、待って、ディオン！　本気なの!?」

「気持ち的には」

もしそれが許されるのならば、今すぐにでもフェルナンを殺しに行くということか!?　フェリシアはディオンの嫉妬深さを知って、首を振る。

「だ、駄目よ、ディオン、いけないわ！　そんなことをしたら、大変なことになってしまうもの」

「……それもちゃんとわかっている。ああ……立場っていうのはこういうとき面倒だな！」

ディオンの頷きに、フェリシアはひとまずホッとする。これからフェルナンとの間にあったことを話すときは、言葉に気をつけた方がいいのかもしれない。

苛立たしげに前髪をかき上げたあと、ディオンは言った。

「フェリシア、とにかくフェルナンと二人きりになることだけは絶対に避けろ」

「ええ。……でも、フェルナンは何を考えているのかしら……」

「お前の伴侶の座かもしれないぞ」

「まさか」

フェリシアはディオンの警告に小さく笑ってしまう。

フェルナンはクレマンよりは歳下だが、フェリシアとの年齢差は親子に近い。フェリシアの方はフェルナンを何だか怖い大人だと思ったことはあっても、好意的なものは一切抱いたことがなかった。

彼を自分の伴侶とする――そんな選択を考えたことは、フェリシアの中では一度もなかった。

「それに、フェルナンには結婚はできてなくとも恋人がいるのでしょう？　そのくらい私だって知っているのよ」

「……はぁ……」

ディオンが片手で額を押さえ、海よりも深いため息をついた。フェリシアはどうしてディオンがそんな態度を取るのかわからず、キョトンと見返すばかりだ。

ディオンが苦笑した。

「ま、そういうのもお前のいいところだろうがな」

「……あ、ありがとう」

フェリシアの反応に、ディオンが声を立てて笑った。そしてまた優しく包み込むようなくちづけを与えてくれる。

「……好きだ、フェリシア」

「ええ、私も、好き……」

くちづけの合間に想いの言葉を甘く交わし合う。その例えようのない幸せと胸の擽ったさを教えてくれたのは、ディオンだ。

ディオンが唇を離し、フェリシアを胸の中に包み込むように抱きしめる。そして少しばかり苦しげに囁いた。

「早くお前を全部、俺のものにしたい……」

自分と同じ願いを抱いてくれていることが、嬉しい。フェリシアもまた想いを伝えるように腕を伸ばし、ディオンの背中を抱きしめる。もちろん体格差があるために思うようにはいかないが、気持ちは伝わったようでディオンからの抱擁が強くなった。

「お父さまが元気になられたら……すぐね」

「ああ、そうだな」

ディオンとの結婚。フェリシアにとってまだ少し先の話にはなるけれども、絶対にやってくる未来ではあったが——少し、不安にも思う。

(絶対に、大丈夫よね……?)

執務の最中にリオネルの許を訪れることは、呼ばれない限り滅多にしない。だが適度に休憩を入れないと今の父親の体調ではどうにも心配で、フェリシアは時間を見計らって茶を差し入れることで容体を確認するようにしていた。

今のところ、リオネルの様子は問題ない。今日はいつも通りに過ごせる日なのかもしれなかった。

召使いに命じてワゴンに茶の一式を用意させ、執務室を訪れる。今はクレマンが補佐役として一緒にいると聞いていたため、二人分の用意をしておいた。

「お父さま、フェリシアです。そろそろ一度休憩を取られた方がよいのではありませんか?」

執務室の扉の前で、フェリシアは問いかける。だがフェリシアに応えたのはリオネルではなく、クレマンだった。

扉を開けて姿を見せたクレマンは、フェリシアに気遣いの笑みを見せる。それだけで、父親の体調が悪くなっていることに気づく。

「クレマン……お父さまが……!?」

「大丈夫です。少しお疲れになったようです」

召使いは下がらせて、クレマンはフェリシアを招き入れる。重厚な執務机に凛(りん)と背筋を伸ばした父親の姿はなく、傍に置かれたカウチソファーにリオネルは横たわっていた。

フェリシアはリオネルの枕元に慌てて歩み寄った。

「お父さま……！」

「ああ……フェリシア……」

心配げな呼びかけに、リオネルが閉じていた瞳を開く。フェリシアを認めると、小さく笑いかけてきた。

顔色は、悪い。

「お父さま、また……」

「ああ、そうだな。だが大丈夫だ。少し休めばよくなる。もうよくなってきてるんだよ」

言いながらリオネルは上体を起こす。フェリシアは慌てて手を伸ばし手伝ったが、確かに回復はしているようで動きは重たげではなかった。

クレマンが水差しの水をグラスに入れて差し出す。礼を言って受け取ったリオネルは、水を一気に飲み干すと大きく息をついた。

「……しかし、いい加減にこれは参るな」

「陛下にはお辛いことで申し訳ありません。ですが間も無くです。今しばしのご辛抱(しんぼう)を」

クレマンに、リオネルは苦々しい顔をしながらも強く頷いた。

今しばらく、とはどういうことだろう。この病気を治す方法が見つかったということなのか。

見返すフェリシアに、クレマンは力強く微笑みかける。それはディオンが自分を励ますときに向けてくれる笑顔とよく似ていて、改めて二人の血の繋がりを感じた。

「今、私のツテの方で、陛下の御病状を打開するための腕のいい医師が見つかりそうなんです。陛下と同じ症状の患者を何度か診たことがあり、さらには完治させているとのことです」

「本当……!?」

「ええ。ですから陛下のお苦しさも、あと少しです」

初めての朗報だ。フェリシアは泣き出したいほどに喜んでしまう。

「ありがとう、クレマン！」

フェリシアはクレマンに飛びつき、その頬に感謝のキスをする。血の繋がりはないが、幼い頃から父のように見守ってくれていた一人だ。

クレマンは嬉しげにそのキスを受け取ったあと、低めた声で言った。

「どうかその辺になさってください。こんなところを愚息に見られたら、宥めるのに時間がかかってしまうので」

悪戯っぽく続けられた言葉に、フェリシアは赤くなる。

「え……な、何でディオンのことが出てくるの……？」

「我が愚息はいつもフェリシアさまのことばかり口にしておりますからな。息子はフェリシアさまを想っておるのでしょう。……おっと、これは秘密ですぞ」

クレマンはフェリシアの慌てぶりに、立てた人差し指を軽く自分の唇に押しつける。自分と恋仲になっていることを知らずとも、ディオンの想いがフェリシアに向いていることは知っているということか。そしてそれはまだリオネルには黙っていてくれているらしい。

「何だ、私には内緒の話なのか？」

立ち上がったリオネルが、笑いながら文句を言う。フェリシアは父親のしっかりとした立ち姿に安心した。

「もう少し経ったら教えて差し上げますよ、陛下」

「……何だか腹の立つ物言いだな」

「ではご機嫌を直していただくためにも、一つご提案を。この時間、愚息が護衛団の者たちを訓練しているところです。ご覧になりませんか？」

リオネルはクレマンほどには及ばなくとも、若かりし頃は剣の腕は彼に次ぐものだったと聞いている。そのせいか、武術に関しての興味は強い。

「おお、そうか！　見てみたいぞ！」

まるで少年のようにワクワクした表情になった父親に、フェリシアは笑う。どのような理由であれ、原因不明の病に悩まされている父親がこうして元気な顔を見せてくれることは、とても嬉しかった。

「フェリシアさまもご一緒にいかがですか？　何かご予定があるのでしたら、仕方ありませんが」

午後の予定はない。フェリシアはすぐに頷く。

実は、ディオンに会いたいという気持ちが、一番の理由だった。


護衛団の詰所は、城門に一番近い。だが彼らが武術の訓練ができるよう、詰所の周りには広い庭が作られている。訓練や稽古を目的とする場所のため、芝は敷き詰められていたが、心を慰めるような花の類いは一切なかった。

そこで護衛団の者たちが、剣の稽古をしている。二人一組で撃ち合う基本的な訓練で、剣戟の音や掛け声が飛び交っていた。

リオネルとクレマンはそれを耳に心地よさげに受け止めているが、フェリシアは迫力に息を呑んでしまう。

(す、すごいわ……)

国同士の戦いはここ数代に渡って勃発しておらず、国境付近などの強盗団や蛮族などの撃退が基本的な彼らの戦いになっている。時折行われる御前試合くらいしか、フェリシアが間近で彼らの様子を見ることはない。

ディオンが護衛団の者たちの剣を見て、弱点を指摘し、指南している。

「腰を引くな！　叩きつけるだけでは斬れないぞ！」

ディオンの声は凛と張って周囲に響き渡る。凛々しい声は、フェリシアの知るディオンのどれとも違った。

「ここで剣を止められたときは、すかさず足払いだ。戦いに臨むときは全身を武器にすると考えろ。剣を落とされても、戦わなければならないときもある」

「はい！」

ディオンの指導を、若い者たちはしっかりと聞いて頷く。その様子を見て、リオネルが笑った。

「カルメル家嫡男としての自覚をしっかり持っているようだな。ディオンの代になるのも楽しみだ」

「いえ、まだまだです。愚息は陛下とフェリシアさまをお守りするのが役目。これで安心など思ってもらっては困ります」

厳しすぎるような気がしないでもないが、これがクレマンの教育方法なのだろう。フェリシアはただただ、ディオンの姿を視線で追いかける。その視線に気づいたのか、ディオンがふと顔を上げてこちらを見た。

ぱちり、と目が合ってしまい、フェリシアは何だか気恥ずかしくなって慌てて視線を逸らしてしまう。ディオンはすぐにリオネルの前にやってくると、膝をついた。

「これは陛下。このようなところにわざわざご足労いただきまして……」

ディオンの仕草で稽古に夢中になっていた他の者たちも、慌てて膝をつく。深く頭（こうべ）を垂（た）れるディオンたちに、リオネルは申し訳なさげに言った。

「いや、すまない。稽古の様子を見たかっただけで、邪魔をするつもりはなかったんだが」

「謝っていただくことは何もありません。俺たちは陛下の剣（つるぎ）です。剣がどのように手入れされているのかをお知りになりたがるのは、もっともなことです」

淀（よど）みなく続けられるディオンの言葉に、リオネルは嬉しそうに笑う。フェリシアから見てもリオネルが稽古の様子に心踊らせているのがわかった。

（よかったわ。お父さま、先程よりもお元気になられてる）

「邪魔はしない。しばらく稽古の様子を見させてくれないか」

「それはまったく構いません。ですがフェリシアさまは退屈なのでは？」

「私も見たいわ！」

ディオンのいつもとは違う一面が見れることが、楽しい。勢い込んで頷いたフェリシアに、クレマンがふと何かを思いついた顔で言った。

「では陛下と姫さまが楽しめるように、勝ち抜き戦でもいたしましょうか」

クレマンの提案に、リオネルが強く頷いた。

「おお、それはいいな！　お前たちの日頃の鍛錬（たんれん）の結果を見られる」

「でもお父さま、褒美を用意してないわ」

フェリシアは護衛隊の者たちを慮って、そう提案する。

彼らの実力を見せてもらうのだ。それに見合う対価を用意するのは、当然だろう。

「確かにフェリシアの言う通りだな。勝者には何か希望のものを聞くというかたちで……」

「では、フェリシアさまからのキス、ではいかがでしょうか」

クレマンがにっこり笑顔を浮かべて言う。ディオンが目を剝いて立ち上がり、その背後で部下たちが小さくざわめいた。

実は、フェリシアの人気はかなり高い。ただ、しきたりのせいで結婚相手となれる望みが薄すぎるからこそ、妙なちょっかいを出す輩がいないだけだ。

それがこんなふうに一時とはいえ接触を持てることは、彼らにすれば幸運だ。

「父上……！　戯れを！」

ディオンが窘めの声を上げるが、クレマンはまったく気にしない。まるで聞こえなかったように無視して、フェリシアに尋ねる。

「いかがでしょう、姫さま。勝利者には姫さまの祝福のキスを。彼らもやる気になってくれると思います」

「私のキスなんかでいいのかしら？」

武に関して一番遠い位置にいる自分では、キスに何らかの効力があるとは思えない。ディオンが視線で断れと圧力をかけているのはわかるが、他の者たちはかなり乗り気の目をしている。

クレマンは満面の笑みで頷いた。

「古来より男が剣の腕を磨くのは、主人のため、大切なものを護るためです。フェリシアさまはそれに十分値する方なのですよ」

「……そう……」

ちら、とディオンを見返せば、こちらを視線で射殺せそうなほど強い瞳になっている。先程よりも格段に威力が上がっていて、身震いしてしまう。

だが王女として求められているのならば、ここは差し出すべきだろう。彼らはいつも自分と父を護ってくれているのだ。

「フェリシア、お前も年頃だ。儀礼のキスでも抵抗があるのなら……」

「いいえ、大丈夫ですわ、お父さま。勝利者には私のキスを差し上げます」

ディオンの背後で青年たちが一気にやる気を出す。ディオンが憤慨(ふんがい)の空気を放ちながら、クレマンの傍に歩み寄った。

「……父上、これはどういうことだ……」

「別に儀礼的なものだぞ。額か頬のキスくらいで何をそんなに目くじらを立ててるんだ？」

「それは……っ」

ぐっと言葉に詰まる息子を、クレマンはニヤニヤと人の悪い笑みで見返す。二人の間の微妙な空気をフェリシアは心配するが、それも次の言葉でクレマンに勝敗が上がった。

「そんなに気に入らないなら、お前が優勝すればいいだろう？」

「……ああ、そうだ。そうだな。俺がこいつらを全部叩きのめせばいいんだよな……」

何かまずいことをクレマンは言ってしまったのではないか。フェリシアはそう思うものの、クレマンもリオネルも二人で何やら解り合ったような言葉を交わすだけだ。

「うん。昔のお前を見ているようだな、クレマン」

「いやいや、愚息と一緒にしないでください。こいつはまだまだですよ」

父親たちがクスクスと笑いながら会話する中、ディオンの放つ好戦的な空気は強まる一方だ。剣を取る者たちは、ディオンの鬼気(きき)迫(せま)る様子に怯(ひる)み、逃げ腰になっていく。

「……さて、一番に俺にかかってくるのは誰だ？」

声は低く落ち着いているが、殺気は凄(すさ)まじい。一番手を押しつけ合っていたものの、勇気を出した一人がディオンに気合いの声とともに斬りかかってきた。

勝負は一瞬だ。ディオンは身を沈めて青年の横薙(よこな)ぎの一閃(いっせん)を危なげなく避けると、剣の柄(え)を腹部に撃ち込む。

「ぐあ……っ」

呻(うめ)きを吐きながら青年は白眼を剝き、バッタリとうつ伏せに倒れ込んだ。目の前でそんな様子を見たら、フェリシアとしては駆け寄って介抱したくなる。

だがそれを、ディオンは背中を向けたままで制止した。

「ご心配にはおよびません、姫さま。受け身も我らが学ばなければならないこと。それができないのは彼の怠慢(たいまん)です」

言外に手を出すなと言われているのは明らかで、フェリシアは気圧(けお)されて何も言えなくなってしまう。ディオンが唇にひどく好戦的な笑みを浮かべて、部下たちを見回した。

「さあ、次は誰だ？　どこからでもかかってこい」

ディオンの言葉に、青年たちは声にならない悲鳴を上げる。だがディオンに容赦(ようしゃ)するつもりは一切なく、彼らは次々と倒されていくのだった。


「――勝負にもならなかったな」

分かりきった結果だったらしく、リオネルが呟(つぶや)く。だがその声音は楽しげなものだ。

クレマンの方は少々つまらなそうだった。

「やはりまだ愚息に勝てるものはいませんか……ふむ。もう少し稽古のカリキュラムを考えないといけませんな」

二人の会話を聞きながらも、フェリシアは小さく震え上がってしまう。こちらにずんずんやってくるディオンの表情が、ひどく険しいのだ。怒っていることは、わざわざ確認しなくてもわかる。

「あ、あの……ディオン……？」

目の前でピタリと止まったディオンが、威圧的に見下ろしてくる。身長差があるため、フェリシアの顔が陰った。

「……姫さま、俺が勝ちました。さあ、祝福のキスを」

「え、ええ……でもそのままだと届きません。少し屈んでもらえませんか？」

「頬や額のキス程度で、俺が満足できると？　無理です」

ディオンの顔が、フェリシアの顔に近づく。吐息が唇を掠め、フェリシアの身体が強張った。まさかここで、くちづけをされるのではと思ってしまう。

だがディオンは何かを堪えるように一度瞳を閉じたあと、身を起こした。

「ディ……ディオン……？」

フェリシアの呼びかけを無視し、ディオンはリオネルに頭を下げた。

「陛下には後日改めてお話しさせていただきたいことがあります。その際にはお時間をくださいませ」

「今でなくていいのか？」

「正式なお話はすべてが片づいたあとに……」

リオネルは楽しげに笑った。

「よい。お前が私のところに来るのを楽しみにしていよう」

「ありがとうございます。では、しばし姫さまをお連れしてもよろしいでしょうか。少し姫さまとはお話をしなければならないことがあったことを思い出しましたので」

ディオンの手がフェリシアの返事を待たず、手首を摑んできた。

「え……?」

「さ、姫さま。お部屋までお送りいたします」

「え……あ、あのディオ……」

フェリシアの言葉をすべて聞くことなく、ディオンは抵抗を封じ込めるように抱き上げ、歩き出した。


横抱きにされたままでは行き交う召使いたちに何事かと思われてしまう。途中で降ろして欲しいと頼んだが、ディオンは一切聞いてくれなかった。

足音荒く部屋に辿り着くと、フェリシアが一番の信頼を寄せる侍女が新しい花を花瓶に生けていたが、こちらの様子を見ると何もかもわかったかのように頷いて退室していく。

「お声をかけていただくまで、こちらにはどなたも近づけさせませんので」

最後の言葉は実に気配りに富んだものだったが、フェリシアにしてみれば最後の助け手がなくなってしまったのと同じだ。縋るように見つめる前に、侍女はいなくなってしまう。

扉が閉まると、ようやく降ろしてくれる。こちらを見つめるディオンの瞳に何とも言いようのない怒りを感じ取り、フェリシアは本能的に逃げ腰になって、壁際まで後ずさった。

だが逃げる代わりにディオンが近づいてきて、二人の距離が離れることはない。

「まったく……あんな褒美をあっさり了承するな！」

叱りつけられて、フェリシアはびくりと身を竦める。

自分の立場を考えれば、褒美に儀礼のキスを求められたら応えるべきだ。ディオンの怒りがさらに強くなるだろうとわかっていたが、フェリシアは譲れない一点についてはきっぱりと言う。

「あのときは、王女としてしなければいけないことをしただけだわ。でも、儀礼以上のものは、全部ディオンのものよ。私が好きなのはディオンだけなんだから」

「ああ、わかっている、わかっているさ！　俺が単に子供っぽい嫉妬をしてるだけだってこともな……！」

呻くように言って、ディオンがフェリシアにさらに身を寄せてくる。壁とディオンの逞しい身体に挟まれたフェリシアの唇に、ディオンが激しくくちづけてきた。

これまで以上に熱っぽくくちづけられて、フェリシアは壁に凭れかかった。ディオンはさらに身を寄せて、フェリシアに身体を押しつける。

「あ……んぁ……」

角度を変えて何度も与えられるくちづけに縋りつけるものが欲しくなり、フェリシアはディオンのシャツの胸元をぎゅっと強く握りしめた。ディオンの両手が動き、フェリシアの身体を官能的に撫で回してくる。

「あ……ディ、ディオン……？」

その手の動きで、ディオンが何をしようとしているのか、嫌でもわかる。ディオンに求められるのは嬉しいが、ここは寝室でもなく――しかも立ったままだ。

「あの……ディオン、あの……」

「王女なんてやめてしまえと言えればいいんだけどな……」

ディオンが苦笑ぎみの声で、低く言う。その言葉の意味がよくわからず、フェリシアは戸惑いの目を向けた。

「王女なんてやめて、俺の妻としてカバネル家に来ればいい。そうしたら、俺の部屋にお前を閉じ込めて、誰にも会わせないでいつも俺だけのことを考えるようにしてやれるのに……」

ディオンはフェリシアの腰を両手で捕らえて、下肢を押しつけた。片足がたっぷりとしたスカートの生地を押しながら、フェリシアの膝の間に入り込む。

足が閉じられなくなってしまい、フェリシアは慌てた。どういうやり方をするのかはわからないが、何となくまずい状態だということはわかる。

「……ね、ねえ……ディオン……」

ディオンはフェリシアをじっと見つめながら片手を滑り落とし、スカートをたくし上げる。片脚が太腿まで露になり、フェリシアは恥ずかしさに身じろぎした。

「ディオン……や、やあ……」

こんなところで抱かれるなんて想像もしていなかったフェリシアは、戸惑いと恥じらいで拒んでしまう。だがディオンは舌を搦め捕るくちづけで抗議を飲み込みながら、スカートの下に片手を潜り込ませ、ドロワーズを引き下ろした。

すぐさま指が蜜壺の入口に沿わされ、花弁を解すために優しく——けれども逃れられない熱っぽさで撫で摩ってくる。教えられた快楽はすぐに全身に広がり、舌を絡め合う心地よさも重なって、フェリシアの身体は蕩けていった。

指が蜜壺の中に潜り込み、水音を立てるように浅く出入りし始めた。

「ん……んんっ、ん……」

唇を塞がれていると喘ぎが出せなくて、ひどく息苦しい。フェリシアは首を振ってくちづけをふり解くと、快楽の涙で潤んだ瞳でディオンを見返した。

「あ……ディオン、指、駄目……」

ディオンがかすかに身震いする。そしてフェリシアの両手を自分の首に回すように導いた。鼻先が触れ合うほど近くにディオンの端正な顔があって、恥ずかしい。目を逸らそうとすると、威圧的に言われてしまった。

「目を逸らすな。俺だけ見てろ。俺以外、何も見るな」

滅茶苦茶な命令だ。だが、それだけディオンが自分を求めてくれていることを感じて、蜜壺をきゅんっ、と締めてしまう。

互いに目を逸らさないまま、フェリシアの身体はディオンの指に追い上げられ、絶頂を迎えていく。フェリシアの身体の昂りと息の乱れに合わせて、薄紫の瞳が獣性を増していくのがよくわかった。

ディオンの指が激しさを増し、押し入れる本数を増やして、じゅぷじゅぷと蜜壺をかき混ぜる。蜜で濡れた指が花芽をそっと剝いてさらけ出し、擦り立てた。

「ふあ……っ！」

目の前が真っ白に染め抜かれるような強烈な快感が走り抜け、フェリシアはディオンの首にかじりつくようにしながら達する。

「あ……ああっ!!」

がくがくと膝が震えてしゃがみ込みそうになる内腿に、とろりと蜜が滴り落ちていく。その熱い雫の感触にも感じてしまい、フェリシアは目を伏せた。

「目を逸らすな。そう言っただろう？」

すぐさまディオンが言ってくる。フェリシアはそれに応えようとするが、達したばかりの身体では、顔を上げるのが正直、億劫だった。

ディオンはすぐに従えないフェリシアの髪に指を潜り込ませる。しゅるり、と小さな音を立てて解かれたのは、今日、髪に結んでいた幅広のサテンリボンだった。

「俺以外を見るんだったら……何も見るな」

「ディオン、何を……っ」

フェリシアの目が、リボンで塞がれる。戸惑っているうちにディオンは後頭部でリボンを結んでしまった。

光があるため暗闇ではないが、見えないことに変わりはない。

「ディオン……っ」

視界が急に塞がれて、本能的な怯えが生まれる。フェリシアは反射的に絡めた腕に力を込め、ディオンにきつくしがみついた。

ディオンの手がドロワーズを足から引き抜き、落とす。それだけ脱がされるとスカートの中での下肢が随分頼りなく思われて、フェリシアは自然と膝を擦り合わせようとした。

だがそれよりも早く、ディオンの腰が割り込んでくる。

「あ……っ」

ディオンの片手が右の膝を摑み、持ち上げた。割り開かれた蜜壺の入口に、ディオンの肉竿が押しつけられる。

熱く硬く脈打つそれは、フェリシアの愛蜜を自身にまとわせるようにゆっくりと入口を擦り始めた。

ずるりと亀頭が割れ目を擦って進み、腰を引くと張り詰めた先端がしこった花芽を擦って離れる。視界が塞がれているからこそ追い上げられる感覚は強く、ディオンの雄の形がよくわかった。

「あ……ああ……っ」

先端が、ぐにぐにと花芽を押し潰してくる。指や舌とはまた違う刺激に、フェリシアは身悶えた。

ディオンはフェリシアの右足を腕にかけたまま両手を伸ばし、後ろの双丘を揉み込む。時折指が割れ目を押し開くと、花弁もくぱ……っと開かれ、亀頭がすぐにも入ってきそうだ。

焦らされる感覚は、堪らない。フェリシアはディオンの襟足の赤髪を握りしめる。

「や、あ……これ、いや……っ」

「じゃあ、どうして欲しいんだ？」

恥ずかしいことを言わせようとしている。だがそれを言わなければ、あの眩むような快感は与えられない。

フェリシアは濡れた唇を震わせながら、言った。

「入れ、て……ディオンの、入れて……ああっ!!」

ずぐりと一気に奥まで押し入れられて、フェリシアが仰け反る。ディオンはフェリシアのもう片方の足も腕に掛けると、力強く腰を振った。

「ふあ……あっ、あ!」

ズンズンと下から容赦なく突き上げられて、息が詰まる。柔らかな曲線を描く金の髪が、ふわふわと揺れ動いた。

自重を支えるのが背中の一点だけになり、フェリシアはその不安定さから両脚をディオンの腰に絡める。それがますます結合を深くし、ディオンの雄の形と熱をより強く感じさせた。

それはディオンも同じらしく、穿(うが)つ仕草がますます強くなる。

「フェリシア……フェリシア……!」

「ん……んんっ、んあっ、ああっ!」

ディオンの律動に合わせ、喘ぎ声も短く切れるようなものになる。フェリシアは堪らずにディオンの背中にしがみつき、ディオンもまたフェリシアの最奥(さいおう)を突き破らんばかりに腰を打ち込む。

「フェリシ、ア……っ!!」

「んあ……あ、あああぁっ!!」

これまでにない絶頂を迎え、フェリシアは壁に後頭部を押しつけながら達した。ディオンも同じ気持ちらしく、フェリシアの狭い蜜壺から溢(あふ)れるほどに熱い精を注ぎ込む。

一滴も零さないように蜜壺が蠕動(ぜんどう)し、ディオンの肉竿を扱(しご)く。二人きつく抱きしめ合いながら絶頂に小刻みに身を震わせたあと、ディオンがリボンを解いてくれた。

快楽の涙で濡れた視界に、ようやくディオンの顔が入り込む。ディオンはフェリシアの唇を啄(ついば)みながら言った。

「わかったか？　俺は、嫉妬深い男なんだ」

「気をつける、わ……」

フェリシアとしてはそう答えることしかできなかった。

フェリシアがエミールの授業を終えて自室に戻り、リオネルの休憩のために夕方の茶を用意していたときに、その知らせはやってきた。

「フェリシアさま、大変でございます!!　陛下がお倒れになられて……っ!!」

転がり込むように入ってきた召使いの報告を聞くなり、フェリシアは茶器を落としてしまいそうになる。かろうじてそれを堪えたフェリシアは、ドレスのスカートをからげ上げるようにして、父親の私室に飛び込んだ。

リオネルはベッドに沈み込むように横たわっていた。白い制服を着た医師と彼の周りで指示に従い動き回る看護の者たちがフェリシアに気づき、慌てて礼をしてくる。

フェリシアはそれにおざなりに頷きを返して、リオネルの枕元に膝をついた。

「お父さま……!!」

フェリシアの呼び声に、リオネルは答えない。青白い顔をして、目を閉じている。眠っているようにも思えるが、一度目を開いてもらえないと安心できず、フェリシアは反射的に父親を揺り起こそうとしてしまった。

それを、背後にやってきていたクレマンにそっと止められた。

「姫さま、お待ちください。今、薬が効いて眠られました」

「……あ、ああ……ごめんなさい……」

フェリシアは慌てて謝り、父親の手をそっと握りしめる。握り返してくれる力はなく、その様子に泣きそうな顔になってしまった。

執務中だったために、クレマンも一緒にいてくれたのだろう。フェリシアはクレマンへと目を向けて、微笑みかけた。

「ありがとう、クレマン。お父さまについていてくれて……」

「そんなことをわざわざ仰らないでください。さあ、フェリシアさま。医師の話を聞きましょう」

クレマンが言い、フェリシアは頷いて医師の話を聞く。

いつも通りの原因がはっきりしない病状だ。ひとまず今は効果があると思われる薬を飲ませ、落ち着いているらしい。また少し様子を見なければ何とも言えないと言われて、フェリシアはひどく気落ちしてしまう。

(この間は、あんなに調子がよさそうだったのに……)

護衛団の練習に顔を出し、とても楽しそうだった。どこか無邪気な子供を思わせる笑顔でもあったのに。

父親が苦しんでいるのに、今の自分では何もできない。できることと言えば、傍に付き添って看病をすることくらいだ。

「お父さまのお傍に、いるわ。いいかしら?」

「陛下もそれは喜ばれるでしょうが……よろしいのですか。お身体がお疲れになられるのでは……」

クレマンと医師たちの気遣いに、フェリシアは首を振る。

「お父さまの傍にいたいの」

フェリシアの希望を聞いて、その夜は看病をさせてもらえた。別室にはフェリシアが呼べばいつでも医師が駆けつけられるようになっていたものの、リオネルの意識は翌朝になっても戻らなかった。

一晩中傍についていたために寝不足の目を擦って、フェリシアは一度、医師に父親の身を委ねる。

今日の執務をリオネルは行うことができないだろう。だが、国政が滞ることはない。そのために、それぞれの分野で手腕を発揮している三家が存在している。

しかし、その三家が在ったとしても、長期に渡って国王が政務から離れていることはよいことではない。

（お父さまがよくなれば問題はないわ。でも、よくならなかったら……）

泣きそうな思いをフェリシアは飲み込み、ひとまず着替えと湯浴みのために自室に戻った。

気配りに富んだ侍女のおかげで、湯浴みの準備はすでに整えられている。寝不足の疲れを洗い流し、新しいドレスに着替えて身支度を整えると、新たな知らせがやってきた。

「フェリシアさま、三家の皆さまがお集まりになっておられます。フェリシアさまとお話ししたいことがあるそうです」

現状からして、呼ばれた理由に見当はつく。フェリシアはすぐに頷き、彼らが待っている応接間へと向かった。

テーブルを囲んで座す彼らは、皆一様に重々しい顔をしている。フェリシアが姿を現すと、皆が揃って礼をした。

「お疲れのところ、申し訳ございません」

ジルベールの気遣いの言葉に、フェリシアは微笑んで首を振る。疲労の表情を見せるつもりはなかった。

「大丈夫よ。ありがとう」

上座に導かれて座すと、フェルナンが立ち上がった。

「陛下のお身体の様子がまたお悪くなられたとのこと……お見舞い申し上げます」

「ありがとう。でもすぐにまたお元気になると思うわ。三家の皆にも色々と気苦労をかけてしまってごめんなさい」

「それはどうぞお気になさらず。ですが陛下のお身体のことを考えると、ここは一度、ゆっくりとご静養なされるのがよろしいかと思うのですが」

「……」

フェリシアは沈黙する。

確かに、フェルナンの言う通りだろう。フェリシアも娘としては、その提案に諸手を挙げて賛成したい。

だが、国王を不在にするわけにはいかない。三家の長たちによって国政が滞ることがなくとも、国王の采配は絶対に必要になる。

もしリオネルを城から長く引き離すというのならば、代行者を立てなければならない。

「フェリシアさまには、私の言いたいことがもうおわかりのようですな」

フェリシアは大きく息をつく。そして意を決して続けた。

「お父さまの代わりを立てること——つまりは私の夫を選べということね」

フェリシアの言葉に、フェルナンは笑顔で頷いた。クレマンたちは必要に迫られてとはいえ、こんなに急に、と申し訳なさそうな顔をしている。

(本当は、きちんとお父さまとお話ししたかったのだけれど……)

今の状況では無理そうだ。ならばここで自分がディオンとの関係を知らせるべきだろう。

心の中で勝手なことをしてしまう詫びをディオンに入れながら、フェリシアは彼の名を口にしようとする。だがそれよりも早く、フェルナンが言った。

「——陛下のお身体の調子がよくなるまで、フェリシアさまと私で政務の代行をしていきたいと思います」

「……え?」

欠片も思っていなかったことを口にされて、フェリシアは啞然(あぜん)としてしまう。

それは、自分の伴侶にフェルナンを選んだということではないか。そんなことは、一度として口にしたことはないのに!

だがあまりにも強い驚きがフェリシアの唇を強張らせ、すぐには何も言えない。ただ青ざめ、信じられないとフェルナンを見返すことしかできなかった。

フェルナンはそんなフェリシアに優しく笑いかける。だが片眼鏡の奥の瞳は笑っておらず、獲物を捕らえた猟師のような嗜虐的な光を浮かべていた。

ここ最近フェルナンに対して抱く気持ち悪さがやってきて、フェリシアは思わず片手で口元を押さえた。

「フェルナン、それはどういうことだ。いくら三家の者とはいえ、姫さまに何の了承もなく先走るのは不敬だぞ」

エミールの父の言葉に、しかしフェルナンは不敵に笑った。

「これは私の勝手な言い分でもないし、妄想でもない。私はきちんと陛下からお許しを頂いている」

フェルナンの勝ち誇った声音に、フェリシアは大きく目を見開く。どうしてここで、リオネルの許可が得られているのか。自分は何も聞いていないのに。

思わず感情のままに口を開いてしまいそうになるのを、クレマンが視線で止めた。

「私は陛下から何も聞いていない。この場でお前以外に誰も聞いていないことなら、お前の暴走だと判断されても仕方ないぞ」

クレマンの言葉に、フェリシアはハッとする。

そうだ。自分の結婚ともなれば、口約束だけでどうにかなるわけもない。きちんと手順を踏まなければ、三家の承認が下りない。

フェルナンはさらに唇の端を釣り上げると、懐に手を入れた。細く芯にするように丸められた書状を取り出し、テーブルの上に広げる。

胸をドキドキさせながら書面を覗き込んだフェリシアは、中身を確認して大きく目を見張った。

書状には自分とフェルナンとの結婚を認め、国王代理をフェルナンに委ねるとリオネルの名でしたためられていた。さらにリオネルの直筆のサインも最後に付け加えられている。

リオネルの王印はなかったが、急場の発布としては充分な効力だ。フェリシアは愕然としたまま、何も言えない。

(そんな……嘘よ。お父さまは先日、私とディオンのことを知って、正式に申し込みに来るのを待っているって言ってくれたのよ)

何よりもリオネルは、娘の将来や国の未来に関わることを、こんなふうに不意打ちで命じたりはしない。これは、何かの間違いだ！

「お父さまの作られたものではないわ……」

弱々しくフェリシアは反論する。

現状ではフェリシアの反論に、説得力はない。直筆のサインはリオネルの筆跡にとてもよく似ていて、もし偽物だったとしても証拠がなかった。

「……これは、お父さまが作られたものではないわ！」

もう一度、今度は叫ぶようにフェリシアは言う。クレマンたちが書状を舐めるように見つめ、偽作である証拠を見つけようとしているが反論の言葉はなかった。

フェルナンが困った顔で肩を竦めた。

「フェリシアさまにはあまりに急なことで驚きなのでしょう。ですが、以前より私はフェリシアさまのお力になりたいと、陛下に申し上げてきました。この度のお身体の不調で、考えることができたのでしょう。先日、こうして確かなものをいただきました」

最近フェルナンがリオネルの許を訪れていたことは知っている。まだ話すことはできないがと、自分が関わっている話をいずれするとも聞いていた。それが、こんなことだったなんて！

フェリシアはリオネルが仕掛ける見えない糸に搦め捕られたような気持ち悪さを覚える。

そこから逃げ出すように、立ち上がった。

「お父さまに直接お話を伺ってきます！」

「一晩お目覚めになられないほどお悪い陛下を、叩き起こされるのですか？」

そう言われてしまうと、会いにもいけない。フェリシアはぐっと言葉に詰まってしまう。

(ディオン……！)

ディオンとの未来が確約されているはずだったのに、それが音を立てて崩れ落ちていく。

フェリシアはどうしたらいいのかわからず、立ち尽くすだけだ。

クレマンがジルベールと目だけで何かを語り合い、頷く。

「フェリシアさま、一度お部屋にお戻りになられたらよろしいかと。我々の方でも少し話し合いが必要ですし、こちらからまたお伺いいたしますから」

ジルベールがフェリシアの手を取って、応接室から連れ出そうとする。まだ頭が上手く回っていないフェリシアは、されるがままだ。

だが、応接室から出て行く直前、フェリシアの背中にフェルナンが言った。

「フェリシアさまはこのラヴァンディエ王国の王女です。ご自分が何をしなければならないのかは、お忘れなきように」

「……っ」

フェリシアは軽く瞳を見開いたあと、俯きがちだった視線を上げる。フェルナンを振り返りはしなかったが、しゃんと背筋を伸ばして答えた。

「ええ、わかっているわ。忠告をどうもありがとう」

ジルベールに自室まで送ってもらったあと、フェリシアはさらに寝室に閉じこもった。

今すぐにディオンに会って抱きしめてもらって、大丈夫だと言って欲しい。だがディオンに縋る前にきちんと考えなくてはならないことがある。

（私が王女としてしなければならないこと……）

フェリシアはベッドに腰掛け、膝上で両手を強く握りしめた。

(わかっているわ……それがこの国の王女として生まれた私の役目だもの)

だが義務感からではなく、愛し愛されて結ばれる喜びを知ってしまった。その例えようのない甘美な喜びは、ディオン以外からは得られない。

あの深い交わりを、フェルナンとすることになる——本能的な嫌悪感が胃をぎゅっと縮めてきて、フェリシアは口を覆って俯く。

嘔吐するまでにはいたらなかったが、ひどく気分が悪くなってしまった。

この国の王女としての答えは、決まっている。だが、ただの一人の娘としての答えも、決まっている。それはどちらも相容れない。

(ディオン以外の人を夫にするなんて嫌……!!)

「——姫さま。姫さま、大丈夫でございますか?」

母親代わりの侍女の声が控えめに——心配そうに扉越しに投げかけられる。ハッとしてサイドテーブルの置き時計を見れば、随分時間が経っていることに気がついた。

心配をかけて申し訳ないとは思うものの、扉を開けて顔を見せる元気まではない。フェリシアはベッドに座ったままで答えた。

「心配かけてごめんなさい。でも、大丈夫だから」

「ですが姫さま……」

「本当に大丈夫よ。だからお願い、一人にしてくれる？」

これ以上踏み込まれたくない気持ちを察してくれて、侍女は下がってくれた。フェリシアはベッドに身体を投げ出すように俯せ、上掛けをぎゅっと強く握りしめる。

「ディオン……」

呼びかけを受け止めてくれる者は、今ここにはいない。


カルメル家のクレマンの私室には、ディオンと呼び寄せられたエミールがいる。

クレマンから聞かされた本日のフェルナンの独走に、ディオンたちは驚かない。ある程度は予想通りだった。むしろ、動くのが遅かったと思うほどだ。

「ようやく動き出したってところか……」

ディオンが忌々しげに顔を顰めながら呟く。クレマンは深く頷いた。

「あの場で書状を見せたときのフェルナンは、とても誇らしげだったぞ。滑稽なほどだ」

「滑稽ですか。僕も見たかったなぁ」

「やめておけ、エミール。目が腐る」

容赦のないディオンの毒舌に、エミールは笑う。だがすぐにその笑みを頬から滑り落とした。

「どちらにしても、こちらも動くときが来たということになりますね、クレマン殿」

「ああ。話していた通り、動くときが来たな。ネタが揃うのもあともう少しだ」

父親の言葉には、好戦的な響きが含まれている。

本来のクレマンは、自ら剣を取り戦いの中に飛び込んでいく男だ。そうでなければカルメル家の当主はやっていけないだろう。……同時に、ディオンもその血を継いでいる。

(あいつを泣かせたんだ。それなりの罰は受けてもわらないとな……)

ディオンは唇に笑みを浮かべた。父親のそれに、よく似ている。

「じゃあ、俺はこれから、フェリシアを攫いに行ってくる。フェルマンの奴に髪一筋も触れさせたくないからな」

エミールが眉根を寄せた。

「そうだね。フェルナン殿のことだから、姫さまを強引に手に入れようとするのはわかりきっているし」

「……っ」

エミールが危惧している心配を状況として思い浮かべてしまったディオンの身体から、ゆらりと陽炎のように殺気が立ち昇る。それはエミールはもちろんのこと、父であるクレマンですら震え上がるほどだ。

ディオンは唇にひどく凄味のある笑みを浮かべ、冷えきった声で言った。

「そんなことをしたら、殺すだけじゃすまないな……。殺すよりももっとひどい目に遭わせてやらないと……ああ、そうだ。ディフォール家を根絶やしにするのもいいか。エミール、お前の知恵をこういうときこそ貸せ」

「いや待ってよディオン、それ、本気でやったらラヴァンディエ王国の内政がすんごく大変なことになっちゃうから！　駄目駄目、却下だから！」

「……フェリシアが無駄に苦労するのは、駄目か……」

ディオンが強く舌打ちする。その言葉でフェリシアのことしか考えていないことを教えられてエミールはますます不安になったのか、念を押すように言った。

「いい？　フェルナン殿を殺したりしちゃ、絶対に駄目だからね！　あくまで生け捕り、絶対に生け捕り、生け捕り以外は認めないから！　じゃないと裁判できないからね！」

ディオンも一応はエミールの言葉を理解しているが、納得はできていない。エミールはさらに加えて言った。

「生きていればいいんだったら、腕の一本か足の一本くらい斬り落としても……」

「それが姫さまのためだから！　わかった!?」

「……」

ビシッと人差し指を突きつけられて、ディオンは押し黙る。フェリシアのためと言われてしまえば、何も言い返せない。

心の中に浮かんだフェリシアの笑顔が、心を暖かくする。

——フェルナンから急に伴侶になれと言われたとき、フェリシアは随分と心に衝撃を受けただろう。そのとき自分が傍にいてやれなかったのが、とても悔しい。もし傍にいたら、そんなことにはさせないから大丈夫だと、すぐに伝えてやれたのに。

自分と結婚できることを——ずっと一緒にいられることを、フェリシアはとても喜んでいたのに。

フェリシアが自分との未来を確実なものとして楽しみしていた笑顔は、とても可愛らしかった。全身で自分を好きだと教えてくれるのが愛おしくて堪らない。早くフェリシアを不安から救い出してやりたい。

思案から浮上すれば自分のすぐ傍にエミールの顔があり、ディオンは顔を顰めた。

「何だ？」

「何考えてるのかなって思っただけ。多分、姫さまのことだと思うけど」

「……わかってるんだったら聞くな。フェリシアはどうだった？」

目を向ければ、クレマンもニヤニヤと笑っている。ディオンの憮然とした問いかけに、クレマンは答えた。

「侍女の話によると、フェリシアさまは部屋に閉じこもって色々と考えていらっしゃる様子だと言っていた」

やはりな、とディオンは頷く。

現状では、フェリシアにフェルナンをはね除けるだけの要素がない。自分が王女であることを放棄しない以上、あの男の申し出を受けなければならないと考えているのだろう。

だが、自分への恋心も捨てきれない。王女としてのフェリシアと、一人の娘としてのフェリシアが、せめぎ合っているのだ。心配なのは悩みすぎて、食事をとらなかったり眠れなくなったりするのではないかということだ。母親が亡くなったときのフェリシアの嘆きぶりを間近で見ていたディオンにしてみれば、辛い思いを我慢してしまっているのではないかと気になる。

「……姫さまの様子は……？」

ディオンの問いかけに、クレマンが渋い顔で続けた。

「……今夜は夕食もあまりおとりにならなかったと聞いた」

「そうか……」

ディオンは予想通りのフェリシアの様子に、眉根を寄せる。そしてすぐに、クレマンたちに背を向けた。これから自分がしなければならないことは、フェリシアを攫いに行くことだ。

「エミール、情報は逐一入れてくれ」

「了解。……姫さまのこと、頼んだよ」

肩越しに軽く手を上げる仕草で応え、ディオンは大股で玄関ポーチに向かう。召使いたちがすでに準備しており、そこに向かう途中でディオンに外套を着させ、玄関の大扉を開いた。

夜闇に息を潜めている庭園を臨む玄関ポーチには、一頭の馬が用意されている。手綱を持っている近侍に軽く頷く仕草で礼を言って、ディオンは黒馬に跨った。

「お気をつけて」

召使いたちの見送りを受けて、ディオンが鞭を入れる。馬は嘶くと、すぐさま猛スピードで走り出した。


「姫さま……もう少しお食べになられた方が……」

侍女の言葉に、フェリシアは小さく笑った。

自分の前に食事の用意がされていたが、フェリシアはそれを形ばかり軽く摘まんだだけだ。思い煩うことが強すぎて、食欲はまったくといっていいほど湧かない。自分の傍に控えてくれている者たちを心配させないように頑張ってみるのだが、味というものが感じられず、結局これが精一杯だった。

「……ごめんなさい。どうもありがとう、今日はここまでにさせてもらうわ」

フェリシアの言葉に侍女は心配そうな表情をしながらも、仕方なくトレーを下げる。とても申し訳ない気持ちになりながら、フェリシアは大きくため息をついた。

リオネルは、まだ目が覚めない。

今夜はフェルナンが医師とともに看病をすると言って、フェリシアを自室に送ってくれた。気遣いは嬉しいのだがすでに夫として自分に接しているのは明らかで、フェリシアの気持ちをますます沈ませる。

ディオンと話したい。だがこの選択は自分が結論を出さなければいけないことだ。

王女として何が一番いい方法なのかをわかっているのだから、あとはそれを口にすればいい。……だが、その決断がどうしてもできない。

(私……駄目な王女だわ……)

自分の不甲斐なさが悔しく情けなくて、涙が滲んでくる。

泣き声が漏れて侍女に聞かれてしまったら、ますます心配させてしまうだろう。フェリシアは堪えて目元を拭った。

やはり、選ぶのはこれしかない。長く考えるほど堂々巡りとなり周囲に心配をかけてしまうのならば、もう結論を出してしまえばいい。明日にでも三家の長たちを招集して、答えを口にしてしまおう。

(逃げられないところに自分を追い込んでしまえば、諦めもつくわ。これが、国の安定のためだもの)

フェリシアは侍女を呼んで、明日の招集の知らせを放つように命じようとする。そのとき、窓がコンコンとノックされた。

「……っ!?」

扉のノックではないことに一気に警戒心が高まり、フェリシアは壁に背を押しつけるようにしながら振り返る。王城の警備を抜けてこんなところからやってくるとは、怪しい者しか考えられない。

(護衛団を……でも声を上げたら一気に襲ってくるかも……)

再び、窓がノックがされる。フェリシアは大きく一度深呼吸をしたあと気然と背筋を伸ばし、窓を睨みつけながら言った。

「どなたですか。私に御用なら、窓からではなく扉からやってきていただきたいのですが」

「姫君を攫う盗賊なもので、扉からは入れないのです」

やけに芝居かがった物言いに顔を顰めるより早く、フェリシアはよく耳に馴染んだ声にハッとした。泣き出しそうになる気持ちをかろうじて飲み込んで、フェリシアは窓に駆け寄る。レースのカーテンを両手で跳ね除けると、相手は窓を開けてこちらに一歩踏み込んできた。

「ディオン……っ!!」

フェリシアは子供の頃のように、長身の彼に飛びつく。

幼いときとは違って、ディオンは身体をふらつかせることもなくしっかりとフェリシアを受け止めた。

黒い外套はフード付きで、ディオンはそれを被っている。まさに闇に溶け込むような姿は、すぐにディオンとはわからない。それでもフェリシアには彼だとわかった。

ディオンが嘆息した。

「おいおい……もっと危機感を持ってくれ。俺の声音を真似た奴だったらどうするんだ？」

「大丈夫よ。私はディオンの声を間違えたりしないわ」

「……言ってくれる」

フードの下で、ディオンが笑う。今とても会いたかった人物がいることに心が緩んでしまい、フェリシアが返す笑顔は泣き笑いのそれになってしまっていた。

ディオンの薄紫の瞳が、心配そうに細められる。すぐに堪らないというようにフェリシアを引き寄せ、目元や唇に労わりのくちづけを与えてきた。

フェリシアが目を閉じて応えると、今度は唇に激しく深いくちづけが与えられる。フェリシアのことを心配し、愛情を伝えてくれるくちづけだった。

は……っ、と、小さく乱れた息を漏らして、フェリシアはディオンに抱きしめられるまま胸に頭をもたせかける。ディオンの大きな手が、フェリシアの金髪を撫でた。

「どうしてこんなところから？　ディオンなら、普通に通してもらえるのに」

「フェルナンに見つかりたくなかった」

その名が出て、フェリシアの胸が痛む。

……ちょうどいい機会なのかもしれない。明日、急に聞かされたとしたら、いくらディオンでも裏切られたと傷つき、怒るだろう。

それならば、今ここでフェルナンを受け入れることを説明して、自分の心はディオンだけのものだと伝えておきたい。

(身体は別の人のものになっても、心はディオン……あなただけだから)

フェリシアは再び泣きたくなる気持ちを覚えながらも、唇を動かす。こんなことを告げなければならない辛さに、唇がかすかに震えてしまった。

「あの……ディオン。クレマンから聞かされたかもしれないけど……お父さまは私の相手にあなたではなくて……」

「ああ、聞いた。フェルナンをお前の伴侶にするんだろう？　聡明な陛下があんな小者を次代に据えるわけがない。王族直系にあの小者の血が入ったら、とんでもない独裁者が生まれるぞ。却下だ、却下」

それ以外の対応はあり得ないとでも言うようだ。動揺どころか戸惑いも驚きも感じられないディオンの態度に、フェリシアは瞳を瞬かせてしまう。

「……え？」

ディオンはフェリシアの頬を掌で撫でながら、続ける。

「あいつはお前を手に入れて、次期国王の座を欲しがってるんだ。子供の頃のお前にはまったく見向きもしなかったくせに、最近になってベタベタし始めたのはそのせいだ。まったく、ふざけてる。お前には俺が目をつけてたんだぞ。やれるわけないだろうが」

……何だかとんでもない執着を教えられたような気がするが、驚きすぎてそこは気に留められない。代わりにフェリシアは、ディオンの胸から顔を上げる。

「どういうこと……？　フェルナンは、何を考えているの!?」

ディオンはフェリシアの気持ちを宥めるように、髪や背中を撫でながら説明してくれた。

――フェルナンが以前より国王の座を欲しがっていたことを、ディオンたちは感じ取っていたこと。フェルナンなりにフェリシアを手に入れずに国王の座を奪う方法を考えていたようだったが、現状のラヴァンディエ王国の仕組みではそれがかなり難しいことを自覚した直後、自分に目を付け始めたということ。フェリシアの伴侶には自分をあてがうのが一番いいと、三家の集まりや国王に何かにつけて進言していたこと。

リオネルの体調不良はフェルナンの画策だと思われること。そのための証拠集めも大詰めにきていること。フェリシアがフェルナンに妙な手出しをされないよう、見張っていたこと。

次々と聞かされる話にフェリシアは驚き、悲しみ、同時に怒りを覚えた。

自分の野心のためにこんなことをするとは、信じられない。自分のことしか考えられない者は、王の器ではないのだ。

フェリシアは瞳をキッと厳しくして言った。

「……ディオン、すぐにフェルナンを拘束するべきだわ！　お父さまに何てことをして……っ」

怒りが強まって、声が震える。ディオンはそんなフェリシアを包み込むように優しく抱きしめた。

「ああ、そうだ。お前の気持ちはよくわかる。だが、あいつがどう足掻いても逃れられないように、今が大詰めなんだ。もう少し待ってくれ」

ポンポンと背中を掌であやされて、フェリシアの怒りも渋々ながら落ち着いてくる。ほうっ、と深く息をつくと、ディオンがフェリシアを抱き上げた。

「よし。じゃあ、お前は俺と一緒に行くぞ」

「行くってどこへ!?」

バランスを崩さないようにディオンの首に腕を絡めながら、フェリシアは問いかける。ディオンはバルコニーへ向かった。

「ひとまず、フェルナンに手出しされないところだ。当たりはつけてある」

バルコニーの手すりからは、縄梯子が下がっている。ディオンはフェリシアを荷物のように肩に担いだ。

体勢を崩しそうになり、フェリシアは慌ててディオンにしがみつき、おとなしくなる。暴れてディオンがよろめいたりなどしたら、大変だ。

「で、でもディオン、フェルナンが企んでいるのだとしたら、お父さまを置いていくわけにはいかないわ」

ディオンにとってフェリシアの重みは大したことではないらしく、意外にあっさりと縄梯子を降りていく。

フェリシアの方はいつ落ちてしまうかと怖くなり、悲鳴を上げたり反射的に暴れたりしないよう、きつく目を閉じた。だがその代わりにしがみつくディオンの筋肉の動きが感じられて、逞しさに気恥ずかしくもなる。

「陛下のことは心配ない。父上たちがついてる」

確かにそれはとても心強い味方だ。だが、だからと言って素直に安心できるわけもない。『敵』がすぐ傍にいるというのに。

「クレマンたちのことを信用していないわけではないの。お父さまを残していくのは心配で……」

フェリシアの身体の位置が変わる。縄梯子を降りたディオンに、改めて横抱きにされた。

「自分で歩けるわ」

「室内履きでか？　駄目だ。足裏を痛める」

大丈夫だと続けても、ディオンはまったく聞く耳を持たない。

「陛下が心配なのは俺も同じだ。だがそれよりも、お前がフェルナンの手にかかることを避けたい」

「お父さまを害してしまえば、それが一番早いのではないの……？」

現実には絶対に起きてはいけないことを口にしたため、フェリシアの声も身体も小さく震えてしまう。ディオンは首を振った。

「そのやり方での王位剥奪は、万が一ばれたときに色々と後始末が面倒だ。陛下が誰かに殺されたとなれば、三家がどのような手段を使っても絶対に犯人を見つけ出す。フェルナンでは他の二家を止めることはできない。それならばお前を手に入れて、お前の夫になる方がいい。お前の伴侶は自動的にこの国の王になるんだからな。現状では俺かエミールがお前の夫となる。それを阻止するには、お前と陛下にフェルナン自身を選ばせるしかない。お前がフェルナンを選んだとき、陛下が病に倒れて何も反論できない状況を作り出す必要があったんだ」

女としての尊厳など何も考えていない方法を採るかもしれない可能性を持つフェルナンに、フェリシアの怒りと嫌悪感はますます強くなる。

「ひどい……っ」

「そうだな。そんな男にお前が穢されるのは、俺としても絶対に許せないことだ。だから、お前がフェルナンに触れられないよう、連れていくんだ」

ディオンの低く冷徹な声は、フェリシアの身を震わせるほどだった。

しばらく歩けば、庭の木に手綱を結びつけていた黒馬がいる。ディオンは外套でフェリシアを包み込んでともに乗ると、一気に走り出した。

フェリシアは落ちないようにディオンにしがみつきながら、遠くなっていく王城の灯りを見つめる。

「お父さま……」

心配の気持ちから思わず呟いてしまうと、ディオンがフェリシアの頭のてっぺんに優しくくちづけを落とす。今はディオンと一緒に行くことが最善の方法なのだと自分に言い聞かせて、フェリシアは恋人の胸に身を委ねた。

【4】

ディオンは一睡もせずに馬を走らせ、カルメル家領地内にある村へと連れて行く。

馬上で一晩を過ごすことなど初めてのフェリシアは、ただディオンに身を委ねていただけだというのにひどく疲れてしまっていた。だがそれをディオンに伝えることはせず、揺り起こされたあとはいつも通りに振る舞う。

ディオンはすべてわかっているというように微笑みかけると、フェリシアの髪を労わるように撫でてくれた。

「あともう少しの辛抱だ」

「大丈夫よ。私はちゃんと眠らせてもらえたもの。ディオンの方は大丈夫？　一睡もしてないのに……」

「鍛えてるからな」

そういうものなのだろうか。フェリシアは少々納得がいかなかったものの、ディオンの言葉にそれ以上は何も言えなくなる。

普段のフェリシアにとってはまだ目覚めの時間ではなかったが、陽が昇っているためか、村人たちはそれぞれに活動を始めていた。

朝の畑仕事をしている者たちなどがディオンの馬に気づくと、かなり警戒の目を向けてくる。……無理もないことだろう。黒い外套（がいとう）でフードまで被った男が、身なりのいい姿をした娘と一緒に馬に乗っている。人攫（ひとさら）いと勘違いされても仕方ない。

だがフェリシアが助けを求めないために、村人たちも予想を確信には変えられない。作業の手を止めて注意深くこちらを見つめるものの、攻撃を仕掛けてくることはなかった。見て見ぬふり、ということはしない人たちばかりのようだ。この村で生活する者たちは、良き者たちなのだろう。

「もうそろそろいいか」

微苦笑しながらディオンは言い、フードを取る。ディオンの顔を認めた村人たちは、途端（とたん）に歓声を上げた。

「ディオンさま！　ディオンさまだ！」

先ほどまでの警戒心はあっという間にどこかに行き、口々に歓声のように呼びかけながら走り寄ってくる。ディオンは馬から降りるとフェリシアを腕に抱き直し、村人たちに笑いかけた。

「久し振りだな。皆、元気にしてたか？」

「もちろんですとも！　しかし何ですか、その格好は。人攫いかと思いましたよ」

村人たちとの気さくなやり取りに、フェリシアはどう反応していいのかわからず、数瞬茫然としてしまう。

だがすぐに自分にも視線が集まっていることに気づくと、慌てて挨拶した。

「こんにちは、皆さん。急に来て驚かせてしまってごめんなさい」

フェリシアの笑顔に、男衆はぽうっと頬を赤らめる。それを見るなりディオンは外套の端を引き寄せ、フェリシアを頭からすっぽり包み込んでしまった。

「あ、ディオンさま、駄目ですよ！　綺麗な方じゃないですか。もっとよく見せてください」

「駄目だ。減るからな」

「減りませんよ!!　どれだけ独占欲強いんですか」

「当たり前だ。俺の女だぞ」

さらりと当然のことのようにディオンは言うが、フェリシアはフードの中で真っ赤になってしまう。村人たちが囃し立てた。

「ディオンさまもついにご結婚ですか！　こりゃめでたい!!」

「今夜は飲みましょう！」

「いや、それはまたの機会にさせてくれ。村長に会いたい」

「——それならばもうこちらにおりますぞ、若さま」

ディオンの背後から、老人の声が上がる。

まったく気配を感じなかった声に、フェリシアは危うく悲鳴を上げそうになる。ディオンの方はすぐに笑みを浮かべて振り返った。

「先触れもしないですまなかったな、イヴォン。元気か」

ディオンの祖父ほどの歳だと、真っ白になった髪と皺がある顔でわかる。だが老人とは思えないほど背筋は凛と伸び、灰色の瞳には炯々とした光が宿っていた。

「構いませんよ、若さま。お会いできて嬉しゅうございます。とにかく我が家においでくださいませ。ご令嬢もお疲れでしょう」

優しく微笑みかけられて、フェリシアは慌てる。彼にはディオンの腕からではなく、きちんと王女の礼を守らなければならないような気がした。

「ディオン、降ろして。きちんとご挨拶したいわ」

「それは一息ついてからで結構ですよ。さあ、こちらに」

老人が先導し、ディオンが続く。ディオンと別れることを名残惜しげにしながらも、村人たちは再び朝の仕事に戻っていった。

フェリシアは不躾にならないように声の音量に気をつけながら、ディオンに問いかけた。

「どなたなの？」

「このパティーニュ村の村長で、俺の家に仕えてくれていた家令だ。俺が十二のときに引退して、ここに落ち着いた。田舎に引っ込みたいというのがイヴォンの希望だったからな」

「村人に随分慕われているのね。カルメル家から離れてるのに……」

「若さまは定期的に領地を廻られています。領民の生の声を聞きたいと仰って」

こちらの会話が聞こえたのか、イヴォンが教えてくれる。自分が知らないディオンの一面を知ることができ、フェリシアは嬉しい。

ニコニコと満面の笑みを浮かべると、ディオンは少し照れくさそうな顔をした。

「何を笑ってるんだ」

「だって……ううん、いいの。ディオンのことが好きだわって、改めて確認できただけよ」

「だからそういうことを言うなと……今夜はたっぷり可愛がってやりたくなるだろ」

それはいくら何でも節操がない！　間違いなくしばしの宿はイヴォンの家になるというのに！

「な、何を言っているの、ディオン！」

真っ赤になって反論しようとすると、イヴォンがすかさず答えた。

「お気になさらず。年寄りの夜は早いですから」

（そ、それは何か違うわ！）

イヴォンの案内で、村の中で一番大きな家に辿り着く。彼の妻であるジョゼはすでに玄関口で待っていて、ディオンたちを温かく出迎えてくれた。

ジョゼが入浴の用意をしてくれる。彼女自身も大貴族の奥方付きとして働いていたらしく、豪華さはなくとも丁寧で温かい世話をしてくれた。

香油の代わりに庭で育てているハーブをブレンドしたサシェを浮かべた湯船にゆっくり浸かると、疲労もだいぶ解消された。

「フェリシアさまにはとても不似合いなものですが、着替えがこれしかありませんので……どうかお許しくださいませ」

隣の村に嫁いだ娘のものだというワンピースを与えられる。着古した感じはするが、丁寧に洗濯されていて、生地は柔らかく肌触りがいい。サイズは少し大きかったが、問題にはならなかった。

「そんなことはないわ。むしろ突然来たのに気を遣っていただいて、本当にありがとう」

「フェリシアさまにそう言っていただけると安心します」

髪を梳かしてもらいながら、フェリシアは笑う。その数瞬後、ジョゼの言葉にはっと目を見張った。……自分はまだ名乗っていないのに、どうしてフェリシアさまと呼ぶのか。

ジョゼが穏やかに笑い返す。

「ディオンさまが『俺の女』だと仰っていました。それならばこの国の王女殿下、フェリシアさましかいらっしゃいません」

嬉しいやら気恥ずかしいやらで、フェリシアは真っ赤になってしまう。

そんな中でもすぐに心に浮かぶのは、父親の姿だ。自分はひとまずディオンの手によって守られているが、リオネルは大丈夫だろうか。

（……大丈夫よ。クレマンたちがお父さまを守ってくれる。それにここでお父さまを殺めるのは得策ではないって、ディオンも言っていたじゃない……）

ぎゅっと両手を握りしめたフェリシアを、髪を整え終えたジョゼが心配そうに覗き込んでくる。

「姫さま、お疲れでしょう。お顔の色がお悪いですわ。少しお休みになられた方が……」

「大丈夫よ。それよりもディオンの方は平気かしら？　大丈夫って言ってくれたけど、一睡もしていないの」

「――じゃあ一緒に寝よう」

バタン、とノックもなしにディオンが入ってきながら言う。ディオンの卑猥な言葉に、フェリシアは飛び上がりそうなほどに驚いて赤くなった。

「ディオン！　な、何てことを言うの！」

「俺は大丈夫だと言ってるのに、信用しないんだろう？　だったら一緒に寝るのが一番いい。

俺もお前も、同時に休める」

「そ、それは……そうかもしれないけど……！」

だったら別々のベッドでいいはずだ。いや、それが節度ある対応のはずだ。二人きりならまだしも、ここは世話になっている人の家なのに！

「では、こちらのお部屋をお使いください。私たちもディオンさまとフェリシアさまが一緒にいてくださる方が安心します」

「え……あの、ジョゼ、ちょっと待ってちょうだ……」

「お腹は空かれていますか？」

「い、いいえ、大丈夫……あの、部屋の方だけど……」

「ではご様子を見て、お食事のお声をかけさせていただきますね。一度、お休みくださいませ」

言いながらジョゼはカーテンを閉め、礼をしてから退室していく。さすが大貴族に仕えていた経歴を持つ者か。フェリシアは反論をそれ以上紡ぎ出す機会を逃してしまった。

ディオンはフェリシアの身体をひょいっと抱き上げて、ベッドに横たわらせた。フェリシアが慌てて起き上がろうとするよりも早く、ディオンがベッドの端に座り、履いたままの木靴を脱がせてくれる。

「服、そのままでいいのか？」

「……も、もちろんよ！」

寝間着になったりしたら、それこそディオンの思うままにされてしまう。

ディオンに触れられるのはとても嬉しいし気持ちもいいのだが、やはりそれ以上に恥ずかしい。昼間から淫蕩（いんとう）に耽（ふけ）るのは、いけないことだ。

「そうか。じゃあ寝ろ」

「本当に大丈……」

フェリシアの隣に、ディオンも身体を投げ出すようにして横たわった。

自室のベッドとは違い、ひどく狭い。王女のフェリシアにしてみれば、一人分としても狭（せま）く感じる大きさだ。二人で眠るとなると抱き合うように密着しなければ、端から落ちてしまいそうだ。

この部屋でベッドは窓のある壁に押しつけられていて、フェリシアはそちら側に寝かせられている。ディオンが片腕を腰に回し、抱き寄せて、胸の中に包み込んだ。

自分のベッドに比べれば柔（やわ）らかさは足りない。けれど清潔なリネンの肌触りとディオンのぬくもりが、安心感を与えてくれる。入浴して疲れは拭えたと思っていたのだが、それは勘違いだったらしい。

「……ん……」

ディオンの手が髪を撫（な）で、背中を撫でる。もちろんそれは情欲を誘うものではなく、優しく労わるようなそれだ。

「今は休め。俺がついてる」

ディオンのいつになく優しい声が、フェリシアの耳朶を擽る。その心地よさに目を閉じると、あっという間に眠気がやってきた。


――目が覚めたのは夕方近くのことで、こんなにも深く寝入ってしまったことが恥ずかしくなる。ディオンはそこまで眠るつもりはなかったようで、フェリシアが目覚めたときには起きており、こちらの寝顔を何やら楽しそうに見ていた。

「……ご、ごめんなさい！　私、こんなにも長く眠るつもりじゃ……」

「慣れない馬の旅だ。疲れてて当然だろう。ただ、そろそろ何か食べた方がいい」

直後、きゅう、と小さく腹の虫が鳴った。フェリシアは真っ赤になって俯き、ディオンは小さく笑って身を起こした。

その仕草に疲れの色はまったく見られなかったが、心配はなくならない。

「ディオンは……休めたの？」

「ああ。お前の寝顔が見れたしな」

「それって眠ってないってことじゃないの!?」

「ちゃんと寝てるから安心しろ。ああ、でもすぐに元気にさせたいんだったら……キスしてくれ」

「……え……？」

何がどうしたらそういう結論になるのかがわからず、フェリシアは呆気に取られてしまう。

「……ど、どうしてここでキスなの……？」

「お前がキスしてくれたら、元気になるさ。まあ色々と」

「……馬鹿！　馬鹿馬鹿！」

それがどういう意味なのかを嫌でも悟り、フェリシアは赤くなりながらぽかぽかとディオンの胸を叩く。鍛えているディオンにその程度の拳はまったく痛みを与えず、彼は楽しげに笑ってフェリシアをベッドに押し倒し、問答無用で唇を奪ってきた。

舌を搦め捕られる激しい——けれども甘いくちづけに、フェリシアの怒りも溶けてしまう。唾液の糸を引きながら唇が離されると、フェリシアはくちづけで潤んだ瞳でディオンを軽く睨みつけた。

「……心配しているのよ」

「ああ、ありがとう。わかってる。でも大丈夫だ。俺の言うことを、いい加減信用しろよ。食事の前に抱くぞ？」

脅しのように言われて、フェリシアは渋々頷いた。

これまでとは環境があまりにも違いすぎるためだったのか、翌朝の目覚めは随分と早いものだった。

ディオンの腕の中で目覚めたフェリシアは、まだ彼が眠っていることを確認してからベッドから降りる。眠っているにもかかわらずディオンの腕はしっかりとフェリシアの身体に絡んでいて、起こさないように抜け出すには少々苦労した。

フェリシアが階下に降りるとジョゼもイヴォンももう起きていて、それぞれの仕事を始めている。イヴォンは朝の水やりにいくと家を出ていき、ジョゼは朝食の準備を終えて洗濯物を干しにいくようだった。

フェリシアには茶をいれてくれ、朝食の時間までゆっくりしてくださいと言ってもらえる。フェリシアは言われるままに茶を味わっていたが、どうにも落ち着かない気持ちになってジョゼの後を追いかけた。……じっとしていると、嫌なことばかりを考えてしまいそうで怖かった。

庭で洗濯物を干していたジョゼは、フェリシアの姿を認めて少し驚く。

「まあ、フェリシアさま。どうかされましたか？」

「別にどうもしないのだけれど……何か、お手伝いできることはないかなって思って」

「そんなお気を遣われないでくださいませ。フェリシアさまにそんなことをさせてしまうわけにはまいりませんわ」

ジョゼは慌てて首を振る。フェリシアは苦笑した。

「……ごめんなさい。じっとしているのが、なんだか嫌で……」

ディオンから事情は聞いているのだろう。ジョゼは痛ましげな顔をしたあと、頷く。

「ではフェリシアさま。洗濯物を干すのを手伝っていただけませんか？」

「ええ！　やり方を教えてくれる？」

洗濯物を干すということを、ジョゼに一から教えてもらう。濡れた布地が思った以上に重いことを、ここで知った。

こんなに重いものを軽々と洗濯紐にかけられるジョゼを、フェリシアは尊敬してしまう。城の召使いたちもこうした細々とした仕事をやすやすとこなしていたが、それらを自分がきっちりやりこなせるわけではないことに気づいて、フェリシアは彼らの忠心に今まで以上の感謝の気持ちを覚えた。

「あとはこの道具でこちらを留めてください」

「ええ、やってみるわ」

バネを利用した木の留め具も、実によくできているとフェリシアは感心してしまう。ジョゼがやるよりも数十倍の時間をかけて洗濯物を干し終えると、フェリシアは一つの達成感に頬を少し赤くしながら食卓に戻った。

ジョゼがテーブルの上に朝食を乗せていく。食欲をそそるいい匂いを吸い込むと、途端に強い空腹感を覚えた。

先に朝の畑仕事から戻っていたイヴォンがテーブルの傍に立ち、それぞれのカップに茶を注いでいた。だが、ディオンがいない。

（珍しいわ……この時間になっても起きてこないなんて……）

やはり疲れていたのだ。フェリシアは心配になって天井を——自分たちが借りている部屋がある辺りを見上げてしまう。

「フェリシアさま。よろしければディオンさまを起こしてきていただけませんか？」

ジョゼに頼まれてフェリシアは二階に上がり、部屋に入る。まだカーテンが閉められて薄暗い部屋のベッドには、ディオンが横向きになって眠っていた。

そっと近づいて、寝顔を覗き込む。夕焼け色の前髪が額に散って、耳上の辺りに少し寝癖がついていた。目を閉じて眠る姿はある意味無防備に見えて、同時に何だか可愛らしい。

……よく考えると、こんなふうに眠っているディオンを見るのは初めてかもしれない。

肩口を両手で押して揺り動かそうとし——フェリシアは、少し考えて止めた。

（恋人をおはようのキスで起こす……やってみたかったの）

以前に読んだロマンス小説の中で、そんなシーンがあったことを思い出したのだ。

恋人同士のとても甘い雰囲気が立ち昇るシーンで、フェリシアが憧(あこが)れるには充分なものがあった。それに、いつもディオンに悪戯(いたずら)を仕掛けられるようにくちづけをされたり身体を触られたりしている。その反撃をしてやりたい、という気持ちもあった。

フェリシアはそっとディオンの頬に唇を寄せると、くちづけようとした。だがその一瞬前に、ディオンの瞳がパチリと開く。

薄紫色の瞳とバッチリ目が合ってしまい、フェリシアは硬直した。その瞳はすぐにニヤリと人の悪い笑みを浮かべ、力強い腕がフェリシアの身体に絡んで引き寄せてくる。

「……きゃ……！」

仰向けになったディオンの上に、覆いかぶさるような体勢で抱きしめられてしまった。

「何だ……お前も結構大胆なんだな。男の寝込みを襲うなんて」

「ち、違……っ！」

だが、今自分がしようとしたことを思い返すと、そう言われても仕方ないように思える。

フェリシアは真っ赤になって反論した。

「本当に違うの！　そ、その……前に読んだロマンス小説で、おはようのキスをしてあげるシーンがあったから、一度やってみたいなって思って……」

ディオンが目を丸くし、まじまじとこちらを見つめてきた。またそんな夢見がちなことを、と子供っぽいとからかわれてしまうかと思ったが、ディオンは小さく笑ったあと、そっと目

を閉じた。

「……ん。ほら」

「……え……な、何……？」

「お前からしてくれるんだろう？　おはようのキス。ほら、早く」

自分の要望を聞き入れてくれる上にねだってもらえて、フェリシアは嬉しくなった。

真正面からのくちづけは相手が目を閉じてくれていても、先ほどの位置よりは気恥ずかしい。フェリシアは胸をドキドキさせながらディオンに顔を近づけ、ちゅっと柔らかく唇を啄んだ。

（……何だかすごく……幸せ……）

なるほど、あのシーンでヒロインが甘い幸せを感じられたのは、このためか。フェリシアは唇に笑みを浮かべ、もう一度ディオンの唇を優しく奪う。

（一度、お母さまがうたた寝されたお父さまを起こすときに、こんなふうにされていたことがあったわ……）

神聖なワンシーンのようで、幼心にもよく覚えている。あのときの二人もやはりとても幸せそうな表情をしていて、見ているだけでフェリシアも笑ってしまったくらいだった。

（……お父さま……）

唇を離しながら、フェリシアは父親のことを思い出して笑みを滑り落とす。

（お身体の具合がもっと悪くなってしまっていたら……）

そう思うといてもたってもいられなくなり、フェリシアは衝動的にディオンに言ってしまう。

「ねえ、ディオン。やっぱりここでじっとしてなんていられないわ。お父さまを助けに……んぅ……っ!?」

ディオンの唇が突然積極的になり、フェリシアの唇を貪ってきた。同時に身体に絡めた腕に力を込めて、くるんと位置を変えてくる。

あっという間にベッドに押し倒される格好になり、フェリシアは驚きに抵抗することも忘れてしまう。さらに加えて、与えられるくちづけがとても淫らで情熱的で、頭がクラクラしてきてしまった。

舌を強く吸われて甘く噛まれると、腰の奥からじん……っ、と疼くような熱が生まれてくる。

「……あ……んぁ、ん……んん……駄目……」

息継ぎの合間に何とか抵抗の声を上げるが、それすらも吸い取られてさらに口中深くまで味わわれてしまう。それでも何とかディオンの肩口を押しのけようとすると、今度はワンピースの胸を片手で揉みしだかれ始めてしまった。

ぎょっとして、フェリシアは叫ぶ。

「な、何をしているの、ディオン！」

「ん……さっきのお前が可愛すぎるから、我慢できなくなった」

「待って！　朝なのよ、起きる時間なのよ!?」

「わかってる。だから、少しだけ」

スカートの布地の上から恥丘にディオンの腰が押しつけられて、すでに少し固くなっている男根が感じ取れた。そのまま腰を押し回すように動かされると、恥丘を揉まれるような感覚に身を震わせてしまう。

このままでは絶対に少し程度では終わらない。フェリシアは渾身の力を込めてディオンの上体を押しのける。

「駄目よ、ディオン！」

真っ赤になりながら抵抗すると、ディオンの仕方なさそうにため息をついて身を起こした。

「夢の中のお前は、あんなに可愛くて淫らだったのにな……やっぱり現実は違うか」

「淫らって何!?　何なの!?　どんな夢を見たの!?」

ディオンの言葉に飛び上がりそうなほど驚いて、フェリシアは思わず問いかけてしまう。

ディオンは軽く目を閉じ、夢の内容を思い出すかのように続けた。

「まず、わざわざ俺が脱がさなくても自分から脱いでくれたな。脱がすのも楽しいが、脱いでいくのを見るのもなかなかよかった。そのまま横になった俺の上に跨って、自分から脚を開いて俺のを吞み込んで」

「……ディ、ディオン……」

「自分で気持ちよくなれる場所を探して腰を振ってくれて」

「や、やぁ！　なんて夢を見ているの、ディオン!!」

とてもこれ以上は聞くことができず、フェリシアは泣きそうになりながら叫ぶ。ディオンは笑いながら、ようやく卑猥な話をやめてくれた。

「よし、いい顔になった」

「……え……？」

「しょんぼりしている顔なんて、お前には似合わない」

ディオンは満足げに頷いて、フェリシアの頭上で大きな掌を軽く弾ませる。小さな子供をあやすような仕草に、フェリシアは軽く息を吞んだ。

（私を、元気づけようとしてくれて……？）

ディオンがベッドから降りて、着替えを始める。フェリシアの前だというのに何も気にすることなく、寝間着を脱ぎ始めた。フェリシアは慌ててディオンに背を向ける。

ディオンが低く笑った。

「今更恥ずかしがることもないだろう？」

「そ、そういう問題ではないわ！」

フェリシアの背中で、衣擦れの音が続く。その音を聞きながら、フェリシアは言った。

「ねえ、ディオン。お父さまが大変な目に遭っているかもしれないのに……私一人だけこんなにくつろいでしまっていていいの……？」

フェリシアの言葉に、ディオンがふと動きを止める。何だか自分が親不孝に思え、フェリシアはスカートをぎゅっと強く握りしめた。

「お父さまは……」

「フェリシア」

ディオンの低い声が、フェリシアの名を呼ぶ。

「お前はもう少しここで、のんびりしていいんだ」

「でも……でも、お父さまが……」

「それは大丈夫だ。お前は日々、王女として頑張ってる。だから少しそこから離れて……そうだな。休暇ができたとも思ってくれればいい」

「でも……！」

「それに、俺も少し休暇が欲しい」

言い募るフェリシアに、ディオンが苦笑しながら続ける。

「王城だと立場が邪魔して、お前を可愛がるにもなかなか面倒だ。この村の者みたいに、普通の恋人同士のひと時っていうのを過ごしてみたいと思っていたんだ」

(……ずるいわ、そういう言い方……)

フェリシアは唇を緩く噛みしめる。そんなふうに言われてしまうと、何も言えない。

フェリシアは小さくため息をついた。

「……わかったわ、休憩……するわ……」

ディオンが満足げに頷く。その顔を見て、フェリシアは苦笑した。……そうか、休憩だ。休憩だと思えばいいんだ。

無理矢理自分を納得させてフェリシアはディオンの前に回り込み、改めて笑顔を浮かべた。すでにディオンの着替えは終わっている。

落ち込んだ顔を見せることは、イヴォンやジョゼを心配させる。だったらまずは、世話をしてくれる彼らを心配させないよう、明るく振る舞うことだ。

王女としての役目に、そういう類(たぐ)いのことももちろん含まれている。国民を安心させるために、どんなときでも笑顔を浮かべることも必要なことだった。

「行きましょう、ディオン。朝食ができているわ」


「フェリシアおねーちゃん、こんにちは!」

村の子供たちがはしゃぎながら通りすぎていく。フェリシアにとってはまだまだ働くなどという言葉も知らなくていいと思えるような幼い年頃の者たちばかりだが、ここではしっかりとした労働力だ。

　山菜採りのために森に向かう途中ですれ違った子供たちの姿を視線で追いかけて、フェリシアは声を上げた。

「あんまり走らないで。転んで怪我をしたら大変よ」

「大丈夫！　ありがとう、おねーちゃん！」

　子供たちは笑いながら手を上げる仕草で応え、あっという間にフェリシアの視界から消える。子供たちの方は自分たちの家の仕事に向かうようで、フェリシアたちとは反対の方向に走っていった。

　隣に並んでいたディオンが、からかうように笑った。

「転ぶ心配をするのはお前の方じゃないのか、フェリシア」

「……い、今はそんなに転んでないもの。大丈夫よ！」

　この村に世話になってから、三日が経つ。木靴はフェリシアのこれまでの生活からは随分と馴染みのないもので歩きづらく、何でもないところでよく躓いてしまう。そのたびにディオンの片腕が腰を支えてくれるので、まだ怪我をしないで済んでいた。

　守ってもらっている側としてはディオンに感謝しなくてはいけないのだが、何となく素直になれないのはからかわれている感じがするからだろうか。

本当は山菜採りくらい一人で行きたいのだ。だがディオンに絶対に一人で行動するなと固く言いつけられているため、フェリシアも勝手はできない。

フェリシアは自分を狙う追っ手や刺客のような姿は欠片も見ていないのだが、ディオンはそれをとても心配してくれている。ディオンが自分を大切にしてくれているのがわかるから、行きすぎると思いつつも従っていた。

「ごめんなさい、ディオン。山菜採りにつき合わせてしまって」

「いや、それは構わないさ。だいたいお前、摘む山菜のこと、ちゃんとわかってるんだろうな？」

「……少し、自信ないわ……」

なるほど、そういう意味でついてきてくれるのが次なる理由なのか。フェリシアは素直に答えてしまう。

ディオンが低く笑った。

「だと思ったさ」

「……ひどいわ、ディオン。これでも私、頑張っているつもりなのに……」

「ああ、頑張ってるさ。そういうところが可愛い」

褒めながらディオンはフェリシアに頰を寄せて、こめかみの辺りに掠めるようなくちづけを与えてくる。くすぐったいけれども甘いくちづけに、フェリシアは耳まで赤くなって俯いた。

もっと深い愛撫も受けているというのに、何だかとても心がくすぐったくなるようなくちづけだ。

ディオンは歩きながら、続ける。

「村人たちにも王女だからとか気にせずに接してくれていて、イヴォンが喜んでたぞ。王女殿下……ということは言えないが、そういう存在に接してもらえたことは、村人たちにとっても思い出になるとな」

「そう言ってもらえると嬉しいけど……お世話になってるし、子供たちは可愛いし」

「お前、子供好きだしな」

フェリシアは笑って強く頷いた。

「ええ！　子供は見ているだけでも可愛いでしょう？　私、たくさん子供が欲しいわ。私には兄弟姉妹がいなかったから余計にそう思うの！」

フェリシアの少しはしゃいだ声に、ディオンは瞳を細める。優しく見つめられる視線に、心がとくん、と小さく跳ねた。

「そうだな。俺も兄弟はいないし、賑やかなのはいい。いつもお前やエミールといたから、騒がしいのには慣れてるしな」

昔からずっと自分たちが一緒にいたのだと感じられて、フェリシアは笑う。ディオンも同じ笑みを浮かべて、フェリシアの手を取った。

子供の頃のように手を繋いでディオンとともに森の中に入り、フェリシアは目的の山菜を探し始める。やはり不安が少しあった通り、幾つかこれだと思ったものを指差したら見事に外れていた。

ディオンに笑われてしまったが、けれどそれに対しての嫌悪感は湧かない。ディオンが自分を見守ってくれるのがわかるからかもしれない。

森の中は意外に静かだ。明るい日差しが木々の間から降り注いで、とても気持ちがいい。風も時折流れていって、気持ちが緩やかに解れていくのがわかる。

目的の山菜だけではなく見つけた花なども少し摘んで、籠の中に入れる。他愛もない話を交わしていると、不思議と幼い頃の話を互いにするようになっていた。

共有した他愛もない思い出を話しながら、森を散策する。ディオンと過ごした時間は長く、ゆえに話題には尽きない。穏やかで落ち着いた気持ちにさせてくれるこの空気が、フェリシアの心を穏やかにしてくれる。

「あ……見て、ディオン。綺麗な蝶」

ひら……、と目の前を通り過ぎていった蝶の存在に、フェリシアが声を上げる。思わず追いかけようとしたフェリシアを、ディオンが笑いながら引き留めた。

「おい、待て。勝手に遠くに行くな」

背中から、ふんわりと抱きしめられる。ディオンの逞しい腕が自分の身体に絡んだことと、耳元で少し呆れたようなため息が落とされたことに、ドキリとした。

「まったくお前は……興味を得たものにはすぐに向かってしまうんだからな。昔とちっとも変わってない」

「……で、でも、王女としてのときは気をつけているわ。ディオンと一緒にいるときは、どうしても自分が出てしまうのよ」

「ああ、知ってる。だからあまり怒れないんだ。俺といるときのお前が、一番お前らしいってわかってる」

耳にちゅっと軽くくちづけられ、フェリシアは小さく笑った。

「ディオン、好き……」

自然と零れた愛の言葉に、ディオンが嬉しそうに笑う。そのまま顎先を捕らえてこちらを振り向かせ、くちづけようとしてきた。

「俺の方が、好きだ」

フェリシアもその意図に気づいて目を閉じようとすると、パラリと小さな水滴が落ちてきた。

雨雲は見られない。空は明るいままだ。天気雨だろう。

しばらく待ってみたがやむ気配はなく、服がしっとりと濡れ始めてきた。すぐにやむだろうが、このまま濡れ続けるわけにもいかない。

「雨宿りを……」

フェリシアの頭に、ディオンの片腕が軽く乗る。傘のようにしてくれたディオンがフェリシアを近くの大木に促した。

大きく張り出した枝の下に導かれ、フェリシアはディオンと寄り添うように並んだ。フェリシアはワンピースのポケットからハンカチーフを取り出し、ディオンに渡す。

長めの前髪から雨粒が滴り落ちてきて、フェリシアは笑いながらディオンの雫を拭い取った。ディオンがその手首を摑んで止め、ハンカチーフを取り上げる。

「お前が先だ」

フェリシアの髪を拭い、頰や首筋、肩口を撫でるように優しく拭ってくれる。ディオンの優しさに、フェリシアはさらに笑みを深めた。

だがフェリシアの雫を拭うと、ハンカチーフは服と同じほどにしっとりと濡れて、ディオンが拭く分は残っていない。

「……もう、ディオンったら。私ばかり面倒見てて、自分のことをしなかったら駄目じゃないの」

「俺よりもお前の方が大事だから当然だろう」

そういう言い方は反則だ。フェリシアは反論できず、頰を染めてしまう。

ディオンの片手が、フェリシアの手首をそっと包み込むように握りしめてきた。軽く引き寄せられる仕草で何を求めてられているのかわかるため、フェリシアはそっと目を閉じながらディオンの胸に凭れかかるように身を寄せた。

ディオンも身を屈めて、フェリシアの唇に柔らかなくちづけを与えてくる。数度、かたちを確かめるように啄んだあと、唇を押し割って舌を潜り込ませてきた。

フェリシアは慌てて唇を離し、上目遣いで言う。

「……あ、あまり激しいのは、駄目、よ……？」

フェリシアの窘めに、ディオンは低く笑った。

「努力する。その代わり、雨がやむまでは、くちづけさせてくれ」

ディオンのおねだりに、フェリシアは笑って頷いた。

「イヴォン、夕食ができたわ」

ノックをしながら呼びかけると、イヴォンがすぐに扉を開いて姿を見せる。眼鏡をかけているのは新鮮で、フェリシアは思わず老人をじっと見つめてしまった。

視線に気づいたイヴォンは、少し照れくさそうに言う。

「少し、本を読んでいたのですよ」

「どんな本を読んでいるの?」

イヴォンの口にした題名は、意外にもフェリシアの耳に馴染みのあるものだった。フェリシアが王女教育の一つとして受けている授業で、教科書代わりに使われているものだ。

「難しい本を読んでいるのね! 私が授業で使っているものよ。もう読んでしまったの?」

「カルメル家で若さまに教えていたときに使っていたものです。先ほど本棚から見つけて、懐かしくてつい見ていました」

ディオンに教えていたとは驚きだ。現役のイヴォンの家令としての実力は相当のものだったのだろう。

フェリシアは少し考え込んだあと、そっと問いかける。

「あの……私はまだその本を読破していないの。貸してもらってもいいかしら」

イヴォンが軽く目を見開く。だがすぐに頷き、本を取ってきてくれた。

渡されたそれを、フェリシアは笑顔で受け取った。

「ありがとう! ……それと、手が空いたときでいいから教えてもらってもいいかしら……?」

「今は姫さまにその必要はないかと思われますが」

イヴォンはフェリシアを馬鹿にするわけでもなく、素直な問いを投げかけてくる。フェリシアは苦笑した。

「ディオンも今は休暇だということにすればいいって言ってくれたけど、休暇が終われば私にはしなければならないことでしょう？　だから、休んだらいけないような気がして」

　フェリシアの答えを聞いて、イヴォンは満足そうに笑う。

「わかりました。ではこちらにいらっしゃる間は、僭越ながら私が姫さまをお教えいたします。お好きなときにお声をかけてください」

「……ありがとう！」

　フェリシアは本を胸に抱えたままで、イヴォンと一緒に居間に降りる。テーブルに着けばすぐに食事ができるまでに準備が整えられていて、ジョゼが皆の皿にスープを注いだ。

　フェリシアの隣をここでは定位置としているディオンが、スプーンを取ろうとしてふと腕に抱えられた本に気づく。

「どうしたんだ、それ」

「イヴォンに貸してもらったの。ちょうど途中まで進めていたテキストだったし、続きをここで勉強できれば王城に戻ったときに役に立つでしょう？」

　フェリシアの言葉に、ディオンは瞳を細めると嬉しそうに笑った。そしてディオンは片手を伸ばし、フェリシアの頭を優しく撫でる。幼子をあやすような仕草に、フェリシアは少し不満げな目を向けた。

「……ディオン。それ、子供扱いと同じよ？　私はもう子供じゃないでしょう」

「確かに、子供にあんなことはしないな」

あんなこと、というのが何を意図して言っているのか、もうわからないフェリシアではない。イヴォンとジョゼがいるのに何を言っているのかとフェリシアは耳まで真っ赤になるが、二人は別段動揺する様子もなく食事を進めている。

フェリシアが場を取り繕うために口を動かそうとするより早く、イヴォンが言った。

「どうかお気になさいませんように、フェリシアさま。もう慣れました」

「……な、慣れたって……」

それだけ自分たちは甘いやりとりを見せ続けてきたということなのか。フェリシアは新たな恥ずかしさにもう何も言えず、力なく椅子に座るしかなかった。

その隣で、ディオンがとても楽しそうに笑っている。

――情事のあとの心地よい気怠さが、ディオンの全身を包み込む。とても充実して幸福な気持ちに満たされるこの特別な感覚を与えてくれるのは、フェリシアだけだ。

ディオンはそれを余すことなく味わったあと、フェリシアの隣に横たわり飽きることなく寝顔を見つめて髪を撫でていた。

フェリシアも同じ心地よい疲れに眠りながらも、時折ディオンの愛撫の手に応えるように淡く微笑するのが愛おしい。いつもフェリシアは全身で自分が好きだと伝えてくれている。それが愛おしくて堪らない。

素直で、どこかまだ子供っぽさを残していて、目が離せない。だが、王女としての自覚を常に持っていて、自分が何をしなければならないのかをきちんと考えることができる。自分の後を好意のままについてきてまとわりついてきた頃とは、もう違った。一人の女性として、ここ最近のフェリシアの成長は著しい。

立場的に自分がフェリシアの夫になる可能性は、かなり高いとわかっていた。それでもフェリシアが万が一にも誰かに目を向けたりしないよう、ディオンなりに裏工作をしてきた。

フェリシアがその自分の想いをただの任務ではないかと疑っていたことを知ったときには、とても驚いてしまった。大切にしすぎていたからこそのすれ違いを実感させられて、もう耐える必要性も感じなかった。

溢れる想いのままに抱いてしまえば想像していた以上に心地よく甘い身体を持っていて、もう少し熟してからと思っていた自分が馬鹿らしくなった。

幼い頃は年頃の子供が自分の傍にいないからこそ、自分やエミールに懐いてきたのだろうと思う。カルメル家の御曹司としてフェリシアに仕えることは、彼女が生まれたときに決められたことで——ディオン自身、幼い頃は義務感でしかなかった。

実際に対面を許されるようになり、王城で様々な時間を一緒に過ごすようになって、フェリシアの無邪気さや素直さ、何よりも自分を慕うひたむきさにディオンの心を動かされた。義務感から妹のような存在へと変わり、そして――フェリシアが社交界デビューを果たしたときに異性の注目を想像以上に集めたことに、強烈な嫉妬を覚えたのだ。

フェリシアの夫として、エミールにもその可能性はある。だがエミールが選ばれたとしても――親友の彼が自身でフェリシアを求めたとしても、ディオンに譲るつもりはまったくなかった。

フェリシアのすべてを、自分のものにしたい。

フェリシアがラヴァンディエ王国王女としての責務を捨てたとしても、実のところディオンはまったく構わなかった。フェリシアが自分の傍にいて笑っているのならば、この国がどうなろうと気にしない。

(そうだ、フェルナン。俺は別に国王になることに執着してはいないんだ)

フェリシアの夫という立場に、執着はしているが。

(そこがお前と俺の、決定的な違いだ)

ディオンはフェリシアの目元に軽くくちづけたあと、自分よりも小さなフェリシアの身体を深く抱き込んで改めて眠りにつこうとしたが――全身で感じられた剣呑な気配にため息をついた。

この余韻を楽しむことすら許さない気配をきっちり排除しておかなければ、おちおち眠ることができない。ディオンはフェリシアを起こさないように気をつけながらベッドを降り、ひとまず見苦しくないように簡単に身なりを整えた。

「すぐ戻る」

深く寝入っているフェリシアは、もちろん答えない。ディオンはそのまま背を向けると、部屋をそっと出た。

扉を開ければ廊下に、すでにイヴォンが立っている。

かつてカルメル家に仕えていた老人は寝間着姿ではあっても背筋はしゃんと伸び、美しい立ち姿をしていた。その手にはディオンの剣が乗り、持ち主に差し出してくる。

「フェリシアさまのことはお任せを」

「ああ、頼む。少し掃除をしてくる」

短く答えて、ディオンは家の外に出た。

小さな村は裕福ではなかったが、皆が寄り添いあって生きていくところだ。陽の光を味方にする仕事が多いため、夜もとっぷりと更けたこの時間は、ほとんどが眠りについていて静かだった。

灯りはないが、特に問題はない。今宵は半月が空に昇っていて、それが意外に明るい光を投げ与えている。この家を取り囲んでいる者たちにしてみれば、あまり嬉しくない光だろう。

ディオンは周囲を見回す。こちらを狙っている気配は感じられるが、姿はまだ見えない。

「安眠妨害の代償は結構なものになるが、構わないな？」

ディオンの呼びかけは、誰かに明確に向けられたものではなかった。いっそ無造作に剣を構えた直後、突然気配が実体化したかのように陰から黒い影が次々と現れ出て来る。

影は手にそれぞれ短剣を持っており、月の光をきらりと弾いていた。

ディオンは唇にひどく好戦的な笑みを浮かべると、まずは一番に目の前に飛び込んできた男を容赦なく斬りつけた。

利き腕を深く斬りつけられ、男が短剣を落とす。ディオンはそれを爪先で蹴りつけたあと、今度は横薙ぎに剣をふるって斜め後ろから斬りつけてきた男の脇腹を切り裂いた。男たちは隠密行動をしているためか、見苦しい呻きを上げなかった。

そのことに関してだけは素直に感心しながらも、ディオンの手は一切緩まない。男たちは十人近くいたが、ディオンによってそれぞれ次の戦いを仕掛けることができない程度に痛めつけられた。

殺さないのには、意図がある。ディオンは膝をついた黒い影たちに向かって言った。

「お前らの雇い主に伝言しろ」

月光を受け止めて、薄紫色の瞳が妖しく光る。それは否を絶対に言わせない強烈な威圧感を感じさせる瞳だった。

「お前がやることにそろそろ目をつぶってやることができなくなりそうだ。いい加減にしないと、俺がお前のところに乗り込んで殺すぞ？」

「……っ」

男たちが、慄くように息を呑む。ディオンは唇の端を吊り上げ、ひどく残忍な笑みを浮かべた。

「行け。一言一句、間違えずに伝えろよ？」

自分たちでは現状、敵わないことを思い知らされ、男たちが次々に去っていく。ディオンはしばしその場に佇み、彼らの気配が完全に消え去るまで待った。

危険が消えたことに軽く息をついて、ディオンは家の中に戻る。イヴォンがすぐにやってきて、ディオンが差し出した剣を受け取った。

ディオンの後ろに従いながら、イヴォンが少し心配そうに尋ねる。

「ディオンさま、毎晩こうやって見回りをしていては、お身体の負担では……」

「その点は鍛えているから大丈夫だ。あいつには些細な危険も近づけたくない」

それ以外の何事もないというようにあっさりとディオンは返す。そう言われてしまうとイヴォンとしても、それ以上は何も言えなかった。

室内に入り、シャツを脱いでフェリシアの隣に潜り込む。温もりが伝わったのかフェリシアが手を伸ばし、ディオンにしがみつくように抱きついてきた。無意識のうちにディオンを求めているような仕草に、微笑みが溢れる。

ディオンはフェリシアをすっぽりと包み込んで、朝までの短い眠りに沈んでいった。

「おじーちゃん、おばーちゃん！」

勢いよく扉を開けて、三人の子供たちが飛び込んでくる。村の子供たち並みに元気な声と仕草に、フェリシアは笑った。

居間でくつろいでいたひと時に突風のようにやってきた子供たちは、イヴォンとジョゼの孫だ。

今日は隣村から子供たちだけで遊びに来ると聞いている。子供が大好きなフェリシアは、笑顔で三人を出迎えた。

最初こそ見知らぬ存在に警戒と人見知りをしていた子供たちだったが、昼食を終える頃にはフェリシアにすっかり懐き、まとわりつくようにまでなっていた。今は昼食を終えてくつろいでいて、居間に敷いてあるラグの上でフェリシアがせがまれた絵本の読み聞かせをしている。イヴォンとジョゼは二人で仲良く台所で食器洗いをし、ディオンはフェリシアの背後に横になって、背中に緩やかに流れ落ちている金髪を指先で弄(もてあそ)んでいた。

一番下の子供は満腹感も手伝ってか、フェリシアの膝を枕にしてうたた寝をしている。残りの二人はフェリシアの両側をそれぞれ陣取り、絵本を覗き込みながら話に耳を傾けていた。

絵本の内容は生きる教えを込めたごく普通のものだ。だがフェリシアには、胸に響くものでもあった。

ある国のお姫さまは、母親が亡くなった悲しみを乗り越えることができず、その悲しみを取り去ることのできる魔女に会うため、国を出てしまった。すると王国から光が消えてしまい、ずっと夜が続くようになってしまう。王国の民たちは突然いなくなってしまったお姫さまを探すが、見つからない。太陽がないために作物が育たず、病も発生して、王国は滅びそうになってしまう。

「おねーちゃん、お姫さま、戻ってこないの……？」

話の展開に子供たちが泣きそうな顔になった。フェリシアは笑って首を振る。

「大丈夫よ。きっと戻ってくるわ。だってお姫さまの大切な仕事は、国のみんなを幸せにすることなのよ」

子供たちが、ホッとした顔になる。

こうした読み聞かせの本の結末は、滅多にアンハッピーエンドにはならない。だがフェリシアはこの話に自分に重なるものを強く感じた。

王城を出てしまった自分。それがフェルナンの魔の手から逃れるためとはいえ、本当にいいのだろうか。自分はここでディオンに護られ、穏やかに過ごすだけだ。

（私も、何かしなければいけないわ）

ラヴァンディエ王国の王女は、自分だけだ。国王である父が大変な思いをしているのならば、やはりここで守られているのではなく自分で動かなければいけないのではないか。

「おねーちゃん？　続きは？」

前触れもなく黙り込んでしまったフェリシアを訝しげに見上げて、子供たちが問いかける。フェリシアは何でもないと小さく首を振ると、気を取り直して続きを読み始めた。背中に、ディオンが見守ってくれる優しい視線を感じた。

自分を探してくれた者たちと再会し、お姫さまは自分の悲しみにばかり目を向けていたことに気づいた。そして自分がしなければならないことを自覚し、王国に戻る。

「かくして王国には光が戻り、民たちはその後、幸せに暮らしました。おしまい」

「わあ、よかったー！」

王道の結末に、子供たちは喜びの声を上げる。

「やっぱりお姫さまはお城にいなくちゃダメだよね！　そこがお姫さまのおうちで家族がいるんだものね！」

子供たちが無邪気に感想を言う。フェリシアは、何だか目から鱗が落ちたような感覚を覚えた。

（そうね。家族で、おうちだわ）

ラヴァンディエ王国でのフェリシアの家は、王城だ。そしてそこに父親がいて、皆がいる。

国の民たちは、フェリシアの家族だ。

（ねえ、ディオン。やっぱり私は、匿われているだけでは、駄目なのよ）

子供たちが、満面の笑みを浮かべた。

「おねーちゃん、読んでくれてありがとう！」

「いいえ。私の方こそ大切なことを教えてくれてありがとう」

なぜ礼を言われるのかわからず、子供たちがキョトンとする。フェリシアが閉じた本を差し出すと、子供たちはそれを受け取ってひとまず片づけにいった。

フェリシアの背後で、ディオンが動く。片腕で枕を作りこちらに身体を向けながら、ディオンはもう片方の腕でフェリシアの腰を抱き寄せた。

温もりが、力をくれる。フェリシアは腰に絡むディオンの手に、自分のそれをそっと重ねた。

ディオンが握り返してくれることが、嬉しかった。


陽が落ちる前に子供たちは帰っていき、その夜も穏やかに一日が終わろうとしていた。

就寝の支度を終えてベッドに入ろうとすると、ディオンが戻ってくる。先に入浴をしたから横になっているかと思ったのに、何かしてきたのだろうか——ディオンはシャツとズボンの軽装だった。

「どうしたの、ディオン。急ぎの用でもあったの？」

「いや、大したことじゃない。片づけをしてなかったことに気がついたからな。気づいたら片しておかないと気が済まなくなっただけだ」

「そ、そうなの……」

何だかよくわからかないが追及することでもなさそうなため、フェリシアはディオンが寝間着に着替えるのを手伝う。二人でベッドに入ると当然のように引き寄せられて、胸の中にすっぽりと包み込まれた。

フェリシアはそのあたたかさに例えようのない安心感を覚える。すり……っ、と子猫のようにすり寄ると、ディオンがからかうように笑った。

「何だ、今夜は積極的だな？」

「ど、どうしてディオンはいつもそういやらしいことばかり言うの!?」

「俺は自分の欲望には素直な主義なんだ。特にここでは我慢する必要がないだろう？ ……王城に戻ったらこうも自由にできないわけだし」

しれっと当たり前のことのように返されてしまうと、それ以上は何も言い返せない。フェリシアは軽くため息をついたが、ディオンから離れたりはしなかった。

ディオンの手が、背や髪を撫でてくれる。この心地よさに身を委ねたら、すぐにでも眠れそうだ。だが、このまま委ね続けるわけにはいかない。

フェリシアは顔を上げる。ディオンは淡い微笑を浮かべて、こちらを見下ろしている。薄紫色の瞳の甘さに一瞬ドキリとしてしまいながらも、フェリシアは言った。

「――ディオン、私、お父さまのところに戻るわ」

「フェルナンの企みが明るみにできるまで、もう少し待てと言わなかったか？」

ディオンの声音は落ち着いている。微笑も消えていない。怒っているようには見えなかった。

「ええ、聞いたわ。でもこのまま私がここにいて守られているだけでは駄目だと思うの。私には、家族を守る義務があるのよ」

ディオンは答えない。黙ってフェリシアの話を聞いている。突き放される感じがないのが救いだった。

「フェルナンを裁くにしても、私が関わらなくてはいけないわ。私が選ぶ夫は、次代の王になるのよ。お膳立てされるばかりの王女が選ぶ夫を、民が信用するのかしら。だから私も動かなければいけないと思うの」

「……それで？」

「ディオンを危険な目に遭わせてしまうけれど……それが私の我が儘だってわかっているけど……一緒に、いて欲しいの……」

願いを伝える言葉はどんどんか細くなっていく。折角ディオンが自分のためを思って連れ出してくれたのに、それを無にすることを希望しているのだ。

ディオンはフェリシアから一時も視線を逸らさない。その行き詰まるような視線に耐えられなくなりそうになりながらも、フェリシアは同じほどにまっすぐに見返す。

やがて、ふ……っ、と、ディオンが小さく笑った。そのままフェリシアに頬を寄せ、くちづけてくる。

「ディオ……んん……っ」

唇を押し割られ、ぬるついた舌を差し入れられる。そのままフェリシアが感じる場所を舌で探るようにくちづけながら、身体もまさぐってくる。

巧みで――同時にフェリシアを求める熱い掌の動きに、こちらも快楽の火がついてしまう。誤魔化されないようにと、フェリシアは懸命にディオンの愛撫から逃れようとする。だがディオンに触れられる悦びを知ってしまっているため、なかなか思うようにいかない。

「……や……っ、こんなふうに、誤魔化されるのは嫌……っ」

「誤魔化していない。惚れ直したから、抱きたくなった」

組み敷かれながら、フェリシアはぽかんとディオンを見返す。ディオンはフェリシアと額を押し合わせるように瞳を覗き込みながら、笑った。

「今の言葉には、グッときた。守られるだけじゃ嫌だってな。俺の女はいい女王になる」

「ディオン……」

自分の意見を認めてもらえたことが、嬉しい。けれど、とフェリシアは目を伏せる。

「でも……結果的に私が勝手をすることになるわ……」

ディオンたちはフェリシアのために色々と計画して、動いてくれている。自分の願いはそんな彼らの計画に支障を与えてしまうのではないかと、話しているうちに気づいた。

「心配するな。エミールたちには今夜中にイヴォンを向かわせる。だから、大丈夫だ」

ディオンはフェリシアの前髪を優しくかき上げるように払いながら、笑みを深める。

イヴォンも今回の件については色々と協力してくれているのか。そしてディオンはいつでも自分のためになるように動いてくれている。

「この計画変更については気にするな。支障が出ないように、全部俺が補ってやる」

フェリシアは両手を伸ばしてディオンの首に絡め、そっと自分から唇を押しつけた。

自分からディオンにくちづけることが恥ずかしくて、頬が赤くなる。けれど溢れる気持ちを知ってもらいたくなったら自然と身体が動いていた。ディオンが少し驚いたように見返してきたから、フェリシアは照れくさげに微笑む。

「好きよ、ディオン。一緒にいてくれて、ありがとう」

「……フェリシア……」

ディオンはとても嬉しそうに笑い返して、フェリシアの唇にくちづけを返す。自分が与えたそれなど子供のそれだとしか思えないような熱いくちづけに、フェリシアの身体は蕩ける。

その心地よさにうっとりしたあと、フェリシアはふと気づいて言った。

「私、ディオンにいつもしてもらうばかりで、何もお返しできてないわ……」

「そんなことまったく気にすることはないんだがな。お前、本当に可愛すぎて困る」

褒められているとは思うのだが、何となく素直に受け止められないのは、ディオンの声音に少し複雑な色合いを感じるからだろうか。

ディオンは片掌でフェリシアの頰を撫でながら続けた。

「可愛すぎて……滅茶苦茶にしたくなる」

ひどく暴力的な言葉なのに強く求められているように感じるのは、ディオンの言葉だからか。

「そんなに俺に何かお返しがしたいって言うなら……うん、してもらうか」

「何をするの？」

指先がくちづけで濡れた唇を柔らかく押し揉んでくる。その気持ちよさにも蕩けてしまいそうになりながら、フェリシアは尋ねた。

「お前に、俺を可愛がってもらいたいんだ」

「……え？」

自分がどうやってディオンを可愛がることができるのだろうか。フェリシアは困惑してしまい、戸惑ってディオンを見返す。

「この間見た夢で、な……お前が俺にしてくれたことを、してもらおうか」

以前の会話が思い出され、フェリシアは赤くなる。だが、ディオンが望むことならばしてあげたいと思う。夢は見る者の願望を現すというし、それがディオンの望みであることは間違いないのだ。

フェリシアは真っ赤になったままで、小さく頷く。

「……い、いいわ……」

「嫌だったらいつでもやめてくれていいからな」

「そんな……ディオンはいつも私を気持ちよくしてくれるもの。私も、ディオンを気持ちよくできるように頑張るわ」

少し困ったように笑ったディオンはフェリシアの身体を抱き起こし、位置を変えさせる。ディオンはベッドの端に座って両足を落とし、フェリシアを自分の前に跪(ひざまず)かせた。すでに互いに裸なため、ディオンの逞しくもしなやかな裸身が視界に入り、フェリシアは慌てて俯く。

直後、ディオンが膝を開いた。フェリシアの目の前に腹につきそうなほど昂(たかぶ)っている雄が露(あらわ)になる。

「……っ」

自分の奥深くに受け入れてはいても、こんなふうに間近にするのは初めてだ。一度触ったこともあるが、あのときよりも雄々しく太く、脈打っているように見える。

凝視するのは気遣いが足りないように思えて、フェリシアは目を逸らそうとする。それよりも早く、見下ろすディオンがフェリシアの髪を撫でながら言った。

「俺のそれを、胸に挟(はさ)んでくれ」

「……っ!?」

いつもとは違うやり方に、フェリシアは大きく目を見開いた。これは、自分の中に入れるものではないのか!?

「あ、あの……ディオン。そ、そんなやり方が、あるの……?」

「ある。お前が呼んでるロマンス小説には書いてないだろうけどな」

クスリと笑いながら言われて、フェリシアは赤くなる。自分が初心(うぶ)だとからかわれているようで、少し悔しい。

「わ、わかったわ。やり方を教えてくれたら……が、頑張るから。そうしたら、ディオンは気持ちいいのよね……?」

「ああ、とても」

その言葉が勇気をくれる。フェリシアは小さく息を呑むと、ディオンが望むまま身をすり寄せ、昂った肉棒を胸の谷間に挟み込んだ。

「胸の膨らみを俺のものに擦りつけるようにして、扱いてくれ」

勝手がわからないため、うまくできているのかわからない。ただディオンに気持ちよくなってもらいたい一心で、フェリシアは乳房で肉棒を扱く。

自分の中に入ってくるときのディオンの腰の動きを思い出しながらしていると、自然と上下の動きが加わった。

フェリシアの胸に挟まれて、ディオンの雄は益々硬くなっていく。その変化が気持ちいいと言ってくれているように感じられ、フェリシアの動きも激しくなっていった。

それに、そうしているとなぜか——フェリシアの方も身体が疼いてくる。

「は……っ、いい……フェリシア……」

感じ入ったディオンの掠れた低い声を耳にすると、蜜壺がきゅんっ、と切なくなる。ふいに乳首が肉竿の側面を擦り、フェリシアは甘い吐息を漏らした。

「あ……っ！」

しこったそこは、些細な刺激でもひどく感じてしまう。ディオンが気づいて淫蕩に笑った。

「気持ちいいか。俺もいい」

ディオンの片手が伸ばされ、片方の粒をくりくりと弄ってくる。無意識の内にもう片方は肉竿に擦りつけて、快感を追ってしまっていた。

「あ……っ、んん……っ」

亀頭の少し窪んだところから、ぷっくりと雫が生まれてくる。それを見ると頭がぼうっとしてきていたフェリシアは、ディオンに促される前に舌先で舐めていた。

(だって、ディオンも私のを舐めてくれるから……)

ディオン以外の男のものは、絶対に口にはできない。だがディオンのならば、不思議と嫌悪感も躊躇いもなかった。

「……おい……」

ディオンが少し驚いたように腰を震わせる。フェリシアは慌てて顔を上げた。

「ごめんなさい。違う?」

「いや、合ってる。知ってたのか?」

「し、知らないわ。ただ、ディオンが私のを、な、舐めてくれると気持ちいいから……お、同じなのかもって思って……」

「……もう本当に勘弁してくれ……」

ディオンが片手で顔を覆いながら一人ごちる。嫌だったのかとフェリシアが身を引こうとすると、ディオンが顎先を片手で捉えてきた。

「口に、入れてくれ」

じっと見つめてくる薄紫の瞳には、欲情がぎらついている。フェリシアはそれに魅入られながら頷き、ディオンの肉竿の根元を両手で支えながら膨らんだ先端をそっと口に含んだ。

「……ん……んむ……っ」

ディオンの雄は思った以上に大きく、すべては飲み込みきれない。それでも唇で包み込むと、ディオンが気持ちよさげな吐息を漏らす。

「さすがに全部は入らないか……そのまま、舌を擦りつけるように絡めて……」

言われるままに、フェリシアは口淫を始める。ディオンが教える通りに動くと、褒めるように耳朶(じだ)や首筋を指で擽(くすぐ)られる。

だんだんコツのようなものが掴めてくると、フェリシアの動きも激しくなった。

ディオンの雄はさらに昂り、脈打ち、今にも爆発しそうだ。射精を促すように喉奥まで飲み込んで強く吸うと、ディオンの腰が強張った。

「……く、あ……っ」

低い呻(うめ)きを零して、ディオンがフェリシアの顔を引き剝(は)がす。上手くいかなかったのかと不安げに見返すと、ディオンは苦笑した。

「お前の口の中もいいが、こっちの方がいい」

脚の間に手が滑り込み、蜜壺の入口に触れる。そこはもう濡れていて、ディオンが解さなくても受け入れられるようになっていた。

まだディオンに触れられてもいなかったのに、濡れていることが恥ずかしい。

ディオンがフェリシアの身体を抱き寄せる。そのまま向かい合って座位で貫かれるのかと思ったが、ディオンはくるりとフェリシアに背を向けさせた。

「ディオン……な、に……？」

ディオンは後ろから両膝裏にそれぞれ腕を潜り込ませて開き、昂った肉棒の上に落とす。

「あ……ああっ！」

ずぶん、と奥深くまで飲み込まされ、フェリシアは身を震わせた。ディオンはフェリシアの脚を腕に引っ掛けて大きく開かせながら、突き上げてくる。

背面座位の受け入れの深さに加え、視線を落とせば肉棒が深々と突き刺さっては抜かれる出入りの様子がはっきり見て取れて、興奮が高まる。

「どうだ、フェリシア……お前の中に俺が入っているのが、よくわかるだろう？」

耳をねっとり舐められながら囁かれ、フェリシアはいやいやと首を振る。だが、目を逸らせない。

「じっくり見ておけ……自分が誰に抱かれているのか」

「あ……ああっ、ああっ!!」

ずぶずぶと奥を突き破りそうなほどの力強さで突き上げられる。

せめて膝を閉じようとするが、ディオンの腕のせいで叶わない。それどころか真横になるほど押し広げられてしまう。

「あ、ああ……こんな……んああっ!!」

串刺しにされた花弁は真っ赤に熟れ、ディオンの抽送で捲られるようだ。だが苦痛を感じないのは蜜壺が濡れそぼり、蜜を滴らせるほどだからだろう。

後ろからディオンはフェリシアの首筋に顔を埋め、肩越しに繋がった場所を見つめてくる。

「ああ……可愛いな。俺のを受け入れて、真っ赤に熟れた花弁が、絡みついてくるみたいだ」

ディオンが片手を器用に伸ばし、ぷっくりと膨らんだ花芽を摘まむ。

「この小さな芽も……こんなに膨らんで、摘めるくらいになってるぞ」

「や……っ！　弄らない、で……っ!!」

蜜壺をぬちゅぬちゅと貫かれながら花芽まで弄られては、堪らない。フェリシアは再び首を振るが、ディオンの指は構わず花芽を指で押し揉んでくる。

蜜を擦りつけるようにくりくりと擦り立てられ、きゅうっと押し潰される。フェリシアは緩く唇を噛みしめるが、喘ぎは止まらない。

「……ああ……あっ、あぁ……んぅ……っ」

フェリシアにはまだ過ぎるほどの快楽を続けて与えられて、あっという間に達してしまう。

「あああっ!!」

ディオンの肩口に後頭部を擦りつけるようにしながら、フェリシアは絶頂を迎えた。直後にディオンも同じ高みを目指すべく、猛烈に腰を突き上げ――達する。

「……っ!!」

ビクビクと震えるフェリシアの中を深々と貫いた雄から、熱い精が迸った。自分の全身を満たす幸福感に、フェリシアは満たされながら目を閉じる。

ディオンは後ろからフェリシアの頰にくちづけを与えながら、囁いた。

「愛してる……」

ええ私も——そう答えたはずだが、情事の気だるさのせいか上手く声にできない。それでもディオンにはわかったのだろう。とても嬉しそうに笑って、もう一度くちづけをくれた。

【5】


朝食の準備が終わり、ジョゼはフェリシアを呼びに行こうとして止める。すでにテーブルにはディオンとイヴォンが着いていたが、フェリシアは二階から降りてくる様子がないどころか、起きている様子もなかった。

ジョゼがディオンを見れば、こちらは実にすっきりと満足した表情で茶を飲んでいる。その様子を見ればどうしてフェリシアの目覚めがいつもより遅いのかはたやすく想像ができた。この家でディオンはフェリシアとの甘い時間を、本当に心ゆくまで味わっている。

ジョゼは小さくため息をついて、自分の席に座る。ディオンがちらりとジョゼを見た。

「フェリシアさまは、もう少ししてから起こしにいきますわ。ディオンさまのせいですからね」

柔らかい声音ながらもしっかりとディオンを叱責することを忘れないジョゼに、小さく笑う。カップをテーブルに置くと、イヴォンが言った。

「若さま、先ほどエミールさまの使いが来られました。準備は整ったとのことです」

言いながらイヴォンは懐から一通の手紙を差し出す。ディオンはそれを受け取り、中身を読み始めた。

フェリシアが戻ることを決めたのは三日前だ。イヴォンを使者としてエミールたちの許に行かせ、フェリシアの決意を教えてある。

エミールがしたためた手紙には、今の王城の状況が記されていた。手紙を読み進めるにつれて、ディオンの唇に笑みが浮かんでいく。……今ならフェリシアとともに戻っても大丈夫だ。

「イヴォン、ジョゼ。世話になったな」

「フェリシアさまとお戻りになられますか」

「ああ、頃合いだ。楽しみに待ってろ。あの男を叩き潰してやる」

イヴォンとジョゼに礼を言って、フェリシアはディオンとともに再び馬に乗り、王城へ向かった。今度は夜の中を身を隠しながら進む馬旅ではないため、フェリシアはディオンの腕に包み込まれながらもまっすぐに前を向いている。

王城に戻ることは、これからフェルナンとの対峙を意味する。さすがのフェリシアも、フェルナンとどう話すべきなのかを考えてしまい、表情は険しくなってしまう。

(まずは、エミールやクレマンと合流しなくちゃ……ディオンの話によれば、クレマンたちが証拠を集め終えたって言っていたし……)

落ち着いて彼らの話を聞けるかどうか、疑問も残る。

父親を身勝手な欲望のために殺そうとしている男だ。いくら三家の一人であっても、絶対に許されることではない。

国王という地位が人の命を害してまで手に入れるべきものであるとは、フェリシアは思っていない。身分や権力は確かに王に集中するかもしれないが、それはすべて民のために使うことが大前提だ。それを忘れ、自分の私利私欲、自尊心のために利用する者に、王たる資格はない。

「途中でエミールが迎えに来ることになってる」

「……そう。エミールたちは、大丈夫なのかしら……」

エミールたちは、フェリシアが城を不在にしているフォローを任されているはずだ。もしかしたら、彼らも命の危険に晒(さら)されることになるかもしれない。

今更のようにそのことに気づいて、フェリシアは青ざめる。だがディオンは小さく笑った。

「あいつもまだ襲名してないとはいえ、シャルリエ家の後継ぎだ。このくらいで足元を掬(すく)われるようなら、この先やっていけない」

「そ、それは、そうだけど……もう、ディオンったら。もう少しエミールのことも心配してあげて」

「長い付き合いだからな。その点の心配はない」

きっぱりとした断言には冷酷さはなく、深い信頼関係を感じられる。フェリシアは幼馴染でありながらも男同士特有の友情には入っていけずに少し寂しさを覚えるものの、そんな二人の関係を見るのはとても嬉しかった。

フェルナンとの対峙に緊張する気持ちが、少し解れる。

（大丈夫。私にはディオンもエミールもクレマンたちもいてくれるわ）

よくしてくれる人たちの優しさを思い浮かべれば、とても心強い。フェリシアは改めて決意を強めた。

すると、ディオンが馬の足を緩める。

エミールとの合流地点に到着したのだろうか。その割にはあまり進んでいないように思えるのだがと顔を上げると、頬を引きしめたディオンの厳しい表情があった。

ディオンはまっすぐに進行方向を見つめている。誰かがやってくるのだろうかとフェリシアもそちらへ目を向けた。

住人たちが使う道のため、それなりに広く整えられている。時間帯的に誰かとすれ違ってもおかしくないのだが、このとき、フェリシアたちとすれ違う者はいなかった。

ついには馬を止めたディオンが、フェリシアの腰に片腕を回して抱き寄せる。守るかのような仕草に感じられて、フェリシアも少し緊張した。

「ディオン、どうし……」

「エミールは追い抜かれたみたいだな」

「え……？」

言葉の意味がわからず、フェリシアは戸惑う。直後、フェリシアの耳に馬の蹄の音が届いた。

一騎だけではなく、数馬の音だ。こちらに走ってくる音は、こちらを追い立ててくるようにも感じられる。

不穏なものを感じ、フェリシアは自分を抱きしめるディオンの手に、片手を重ねる。ディオンは無言のまま、フェリシアの手を握り返してきた。

自分たちの前に、馬に乗った数人の男たちが姿を見せる。外套を纏った軽い旅姿の彼らの先頭にいる者には、見覚えがありすぎた。

フェリシアは怒りのままに声を上げたくなるのを堪えて、小さく呼びかける。

「フェルナン……！」

フェリシアの姿を認めたフェルナンは、一緒にいるディオンに一瞬忌々しげな目を向ける。だがフェリシアが見ていると気づいたのか、すぐに笑顔を浮かべた。

「フェリシア姫！　ご無事でございましたか!!」

男たちがフェリシアの傍まで辿り着くと、一斉に馬を降りて膝をつく。

フェリシアはディオンが抱き寄せているために馬から降りることができない。恐らくは何かがあったときのために、すぐに走り出せるようにするためだろう。

フェルナンにすぐさま言及したい気持ちが先走り、フェリシアは唇を震わせる。何を言えばいいのか、いざ直面すると言葉が出てこなかった。

「まだ何も言わなくていい。俺が対応する」

軽く身を屈めて、ディオンが優しく囁きかけてくる。フェリシアは自身の不甲斐なさを感じながらも、小さく頷いた。

「随分と仰々しいな、フェルナン殿。フェリシアさまの無事を喜ぶとは、フェリシアさまが何か危険な目に遭っていたようじゃないか」

「その危険が去っていないことも、現状でわかったがな」

眼鏡の奥の瞳が、ディオンを睨みつける。フェルナンは立ち上がって続けた。

「フェリシア姫、どうぞこちらへ。その男は今やカルメル家の御曹司などではなく、乙女を欲望のままに喰らうただの獣です。危険ですのですぐに離れなさい」

フェリシアを心配している言葉ではあるが、声音には威圧的な命令のそれを感じる。フェリシアは反発心を覚えながらも、まだ何も言わない。

ディオンが小さく笑った。

「不穏なことを言うじゃないか。俺がフェリシアさまに何かしたとでも？」
「面の皮の厚さも父親譲りか？　姫に勝手に横恋慕したあげく、夫に私が決まったと知ると
フェリシア姫を自分のものにするべく攫っていった。お前がしていることは人攫い、強姦と
同じだろう！　城の者たちには根回しして騒ぎにしないようにしていたようだったがな！
まさかシャルリエ家もお前に力を貸しているとは……！」
あえて言葉を濁さずに、断罪の響きでフェルナンは言う。
「これは、王家への冒瀆、反逆だ。お前の罪は許されることではない。すぐにフェリシア姫
を解放しろ」
「いろいろ間違ってるんだが、事実だけを並べるとその通りなのが不思議なものだ」
こうして見ると追い詰められているのはディオンの方になる。フェルナンの傍に控えてい
た男たちが次々と馬から降りて、腰の剣を抜いた。戦いに関してはまったくの素人であるフ
ェリシアでさえ、彼らがディオンを害しようとしていることは気配で感じ取れる。
「何をするつもりなの、フェルナン！　例えディオンが罪人だったとしても、法の裁きを受
けるまで、殺してはいけないわ!!」
今の状態ならば、多勢に無勢でディオンが不利なのは明らかだ。ここはディオンに降伏を
促すのがまず最初にしなければならないことなのに！
フェルナンの唇に笑みが浮かぶ。それは勝利を確信したがゆえの、ひどく残忍なものだっ

た。

「彼は罪人とはいえ武のカルメル家の者です。彼の力を侮り、こちらが倒されてはどうしようもない。これは、弱者が選択する最善の方法ですぞ」

「違うわ！　単にあなたがディオンを嬲りたいだけでしょう！」

フェリシアの反論を、しかしフェルナンは聞かない。軽く手を挙げる仕草で命を与えると、男たちが一気に斬りかかってくる。

ディオンは滑るように馬から降りると、男たちを相手に斬り結んだ。

フェリシアも何とか助けになりたいと思うものの、慣れない馬の上では一人で降りることもできない。ただ落馬しないように手綱を握り、馬が突然周囲で起こった闘いに驚いて走り出したりしないよう、首を撫でて囁きかけ、落ち着かせる。世話になっていたときに見た村人たちの仕草を見よう見まねでだったが、何とか暴走させずに済んだ。

馬上でホッと安堵の吐息を零したフェリシアへ、ディオンの様子を確認するために慌ててそちらに目を向ける。だがそのときにはもう立っているのはディオンとフェルナンだけだった。

「……え？」

まさかこんなにあっけなく終わってしまうとは思ってもおらず、フェリシアは茫然としてしまう。フェルナンも同じ気持ちらしく、二の句を継げずにいた。

ディオンが手を伸ばして、フェリシアを馬から降ろしてくれる。

「暴走させずにいてくれたか。助かった。頑張ったな」

ちゅっ、と、軽く髪にくちづけられるも、人前だから緊張感がないからと怒ることもできない。フェリシアは地に倒れ伏している男たちを小さく震(ふる)えながら見回した。

「……こ、殺した、の……？」

「いや。とりあえず気絶させただけだ」

命が奪われていないことに、フェリシアは安堵する。ディオンはフェリシアを片腕に抱きながら、フェルナンに向かい合った。

「さて、今はこういう状況だ。お前じゃ俺に歯が立たないことは、よくわかってるよな、フェルナン？」

「——殿をつけろ、小僧!!」

ビリビリと空間を震わせるフェルナンの怒声は、初めて聞くものだ。フェリシアはビクリと身を震わせるが、ディオンはまったく気にしていない。

「貴様……自分が何をしているのかわかっているのだろうな!?　王が定めた婚約者から王女を奪ったんだぞ!!」

「それが本当に陛下のお言葉ならばまだしも、偽物かもしれないだろう？　そんな不確かなものに踊らされるつもりはない」

「フェリシア姫、ご覧になられましたよな？　あの書状には、確かに陛下の直筆のサインがありました」

「……」

頷くこともできなかったが、否定することもできない。一見しただけではあれは確かにリオネルの筆跡に見えた。

完全に否定できる要素がないことに、フェリシアは唇を噛みしめる。フェルナンが勝ち誇ったように笑みを深めた。

「小僧、もう一度出直してくるがいい」

「……その前に確認させてもらいたいんだが」

フェリシアとは違い、ディオンには動揺の色がまったく見られない。その冷静さが威圧感にも繋がり、フェルナンをわずかに怯ませた。

「お前が想像している通り、俺はフェリシアを抱いた。お前が思っている以上に何度もな。フェリシアの中には俺の子種がたっぷり注がれている。お前にとっては穢れた王女となるわけだが……他の男のものになった王女を、お前はそれでも欲しいのか？」

「だからお前は小僧なのだよ」

ディオンの言葉にフェリシアが真っ赤になる間も無く、すぐにフェルナンが言い返す。

「穢れた王女だからなんだと言う？　この王女の夫は、ラヴァンディエ王国の王になる。お前の子種が入っている子を孕んだとしたら、その子は殺してしまえばいいだけだ。その後、俺の子種を王女に入れればいい。そうすれば俺の血が、王族の中に息づくことになる」

「……っ」

フェリシアは、怒りに身を震わせる。

フェルナンの言葉は自分の身体を、ただ子を産むためだけの道具としか思っていない。しかもそれは、『ラヴァンディエ王国の王女』でなければ見向きもしないということだ。こんなふうに愛情どころか、人としての尊厳も打ち砕くかのように扱われるのは初めてだ！

人の価値を軽く考えているフェルナンに、王の資格はない。この男が王になどなったら、国も民もいいように扱われて滅んでしまう。

「フェルナン、あなたの考えはよくわかったわ。だからこそ、はっきり言わせてもらいます。あなたのような者を王に戴いたら、この国も民も滅んでしまうわ！　いくらお父さまのお決めになられたことだとしても、それが間違っているのならば絶対に受け入れることはしないわ!!」

フェルナンはフェリシアの毅然とした断言に、鼻で笑っただけだ。そしてフェリシアの腕を摑もうと、手を伸ばしてくる。

「何を言おうとも、私に有利だぞ、姫。陛下の書状は現状では本物と言わざるをえないのだからな」

「……触らな……」

フェリシアが拒絶の言葉を発しようとした直後、フェルナンが息を呑んで慌てて退く。

フェリシアの前に、広く頼り甲斐のある背中が現れていた。その手にはフェルナンの部下たちを叩きのめした剣が向けられている。剣先は迷うことなくフェルナンの喉元に突きつけられていて、フェルナンの身体を硬直させた。剣先に一切の容赦がないから、余計にフェルナンは次の反応に躊躇う。

ディオンの瞳が、眇められた。

そこに宿る光は、冷徹すぎて身を竦ませる。フェリシアですら、ぞっとしてしまうものだった。

「……ディオ……」

「フェルナン、お前の性根が心底腐ってることがよくわかった。お前に容赦は必要ないな」

「小僧！　今は俺が次代の王だぞ！」

「正式な婚儀を迎えてもいないのに国王面するな！」

ディオンの叱責にフェルナンも本気を感じたのか、慌てたように部下の傍に落ちていた剣を拾い上げようとした。

だがもうその段階で、フェルナンの遅れは確定だ。ディオンは屈んだフェルナンを見下ろすと、剣を振り下ろした。

首を斬り落とそうとするディオンの様子に、フェリシアは慌てて声を上げる。

「駄目よ、ディオン！」

「……っ」

フェルナンが、思わず目を閉じる。ディオンの剣はフェルナンの髪先を掠めて通り過ぎ、外套の肩口を斬り裂いた。

フェルナンが恐怖の叫びを声にならないままで放つ。ディオンはふ……っと笑うと、無造作に爪先を動かし、フェルナンの鳩尾に突き入れた。

フェルナンが蹲まり、胃液を吐く。的確に急所を捉えた攻撃に、フェルナンは声を発することもできなかった。ディオンはそのフェルナンの頭を、勢いよく踏みつける。

額と鼻先が地面に擦りつけられ、フェルナンが低く呻いた。だが当然のことながらディオンは構わない。それどころか靴の踵にますます力を込める。

「勝利を確信しているようだがな、フェルナン。お前の負けは決まっているぞ」

「……な、にを……馬鹿なことを……！」

フェルナンが首に力を込めて、身を起こそうとする。だがディオンはさらに力を加えて、決して起き上がることを許さない。

「医師が、お前の手の者になったということがわかっていた」

「……っ？」

フェルナンが、言葉を詰まらせる。ディオンは唇の笑みをさらに冷酷に深めた。

「陛下のお身体の不調が出たときに調べをつけて、あの医師はお前に気づかれないように取り調べている。その上で、お前が出てくるように泳がしておいたんだ。お前はあの医師に金と権力を約束し、利用した。お前に指示されて、徐々に身体を弱らせる毒薬を飲ませてきたと吐いたぞ。少し痛めつけただけであっさり寝返るとは……お前は手下にも恵まれないな」

フェリシアは、大きく目を見張って絶句する。フェルナンが、低く反論した。

「……そのような者は、知らん……！」

「だろうな。だが調書は取った。裁判の場所で、そいつはお前に指示されたと証言することを約束している。そうすれば恩赦が出ると言ったら一発だったらしいぞ」

フェルナンが、唇を噛みしめる。

「お前は陛下にその薬を飲ませて弱らせていくことにした。倒れて意識不明になれば、偽造の文書を作っても否定できる本人が出てこられない。今がまさにそれだ。だがな、お前については陛下も俺たちも警戒していたんだ」

「……小、僧……」

「陛下は身体の不調を覚えたとき、すぐにシャルリエ家に話をしている。シャルリエ家は陛下の口にしたものを細かく調べて、何の毒物を使ったのかを割り出した。そして解毒剤を用意した。陛下はお前を油断させるために、医師に身を任せていただけだ。そのあとはちゃんとその解毒剤を飲んで大事にならないようにしていたんだ」

「……な、ん、だと……」

「陛下のお身体が悪くなっているように見えていたのは、あくまで演技だ。陛下が目覚められなかったあのときは、薬の量を増やしてくれたようだな。解毒薬が効くのが遅くて焦ったぞ。陛下がなかなか死なないことに痺れをきらしたか！」

「馬鹿な……!!」

自分のしてきたことがすべて見通されていたことは考えてもいなかったのか、フェルナンの声に強い驚きが滲む。

(演技……そうだったの。なら、お父さまのお身体は悪くなってはいなかったの……)

安心のために、フェリシアは膝をついてしまいそうになる。ディオンがフェリシアの腰を支え、ひどく申し訳なさそうに言ってくれた。

「すまない。お前も一緒に騙していることになった」

フェリシアは首を振る。国やリオネルのことを考えて判断してくれたことなのならば、仕方ない。

「それにフェリシアを連れ出したあとも、お前は俺たちのところに刺客を放ってくれたな？連日送られてくるから一人捕まえて吐かせたが、結構いい運動になったぞ。俺が一人だから何とかなるかもしれないと思ったんだろうが、甘い。模擬戦程度が俺の剣の実力だと思われては困る」

今度はフェリシアが驚きに目を見張る。そんなことがあったなど、まったく気づけなかった。ディオンは自分をそんなふうにこの数日、守ってくれていたのか。

「陛下は間も無く回復される。そうすれば、お前が俺たちに突きつけた文書にまったく心当たりがないことをお話ししてくださるだろう。お前が陛下の筆跡に似た者に書かせて作った書状は偽物だと、陛下ご自身が仰ってくださる。書状の偽造に関与した者も見つけて、捕らえてある。フェルナン、お前の負けだ。……お前は王の立場に固執して、それを隠しきれずに今までやってきた。三家の本来の目的を忘れ、王に成り代わろうとするお前の野心を、もうずっと前から陛下は気にされていたんだ」

「……く、そ……が!!」

渾身の力を込めて、フェルナンはディオンの足裏から頭を起こそうとする。

ディオンがひょいっと足を外して避けると、フェルナンは再び剣を構えて斬りつけてきた。

ディオンが、軽く肩を竦めた。

「往生際の悪い男は、言ってもわからないか」

ディオンが身を沈め、低い体勢のままで踏み込む。剣を反転させると、その柄の尻をフェルナンの鳩尾に――蹴りを突き入れたところと同じ場所に、撃ち込んだ。

同じ場所に二度の強烈な撃ち込みを受けて、フェルナンがついに白眼を剝いて倒れ伏す。

唇の端から涎が垂れるのを見て、ディオンは顔を顰めた。

「大層なことを言っていた割には情けないな。遊び相手にもならない。殺されないだけましだと思え」

吐き捨てるように言うディオンの瞳は、フェルナンをゴミ以下として扱っているようだった。フェリシアは次々と具体的に明かされた企みに絶句したまま、動けない。

「大丈夫か？」

ディオンがフェリシアの肩を包み込むように掴んで、顔を覗き込んでくる。フェリシアは頷き、小さく身を震わせた。

「だ、大丈夫よ」

「というわけでもなさそうだ」

ディオンがフェリシアの身体を抱き上げる。突然のことに驚いてしまいながらも、フェリシアはディオンの気遣いに納得した。足が、震えてしまっていた。

（もう……ディオンは私自身よりも私のことがわかっているみたいだわ……）

「……ディオン。お父さまはもう大丈夫なのよね……？」

「ああ。もう陛下の不調はない」

「……よかった……！」

涙ぐんでしまいながら、フェリシアはディオンの首に抱きつく。ディオンが微笑み、フェリシアの頭頂にくちづけた。

ディオンの頼もしい肩口に頬を押しつけて何気なく奥へと目を向ければ、新たな馬たちがやってくる。もしやフェルナンが手配した増援かと緊張してしまったフェリシアだったが、先頭にいる青年を認めて満面の笑みを浮かべた。

「エミール！」

ディオンの腕の中でフェリシアは手を振る。

「ディオン、エミールたちよ！」

「ああ、わかってる。心配になって待ち合わせ場所からこっちに向かっていたんだな。余計な邪魔だ。ここはお前とあれこれできる場面じゃないか」

ディオンが何をしようとしているのかを瞬時に悟り、フェリシアは恋人を睨みつける。

「……助けに来てくれたエミールにそんなこと言っては駄目よ！」

「約束はしない」

しれっと答えて、ディオンはフェリシアの頬や髪、唇や目元にくちづけてくる。それを必死に避けながら――その抵抗も間違いなく時間の問題だろう――フェリシアはエミールへと改めて目を向け、小首を傾げた。何やら必死の形相(ぎょうそう)だ。

こちらはもう何も心配はないと言おうとしたとき、エミールが叫んだ。

「ああっ、フェルナンが倒れてる！　ちょっとディオン！　殺すなって言ったよね⁉」

……エミールの心配どころはそこなのかと、フェリシアはがっくりと肩を落とし——ディオンと目を合わせて笑い合った。

【6】

「——お父さま……っ!?」

探していた父親の姿を中庭で見つけたフェリシアは、ディオンを相手に模擬戦用の木で作られた剣をふるっているのを見て、悲鳴のような声を上げてしまった。傍には クレマンが二人のやり取りを見守っているのに、窘めている様子はまったくない。

フェルナンの薬から解放され、ディオンたちが新たに手配した医師たちの治療により、リオネルの体調はすっかり回復した。元々国王になってからも身体を鍛えてきたリオネルだ。回復の兆しが見えればたちまちのうちに元気になるとはわかっていたが、それでも娘としての心配がなくなるわけでもない。

フェリシアは父親に走り寄り、その腕にしがみつくようにして止めた。

「まだ病み上がりですよ!?　何をなさっているんですか!!」

「もうすっかり元通りだ。心配はいらないぞ。昨日の裁判にだって同席しただろう?」

国王殺害未遂と反逆罪により、先日フェルナンの裁判が行われた。ラヴァンディエ王国では高位貴族と知識人、そして三家の長が集まって審議する。ディフォール家当主の座はあのあとすぐにフェルナンの弟に移行し、彼が当主として今回の審議に臨む。今回はフェリシアも事件の当事者となるため、審議に参加していた。

ひどい目に遭わなかったとはいえ、フェリシアの心の痛手を気遣い、クレマンたちは審議への不参加を提案してくれた。フェリシアはありがたく思いながらもその提案を辞退し、参加している。

フェルナンのような輩がまた現れるかもしれない。そのために、自分が得られる知識や経験は積んでおくべきだと思ってのことだ。

二度と同じことを繰り返してはならない。

(それが、この国と民のためだわ)

そんなフェリシアの言葉を、ディオンだけは反対せず見守ってくれていた。

審議は数回に渡って行われ、最終判決が下される。だがフェルナンのディフォール家への復帰は絶対にない。反逆者として城の地下牢に捕えられたまま、一生を終えることになるだろう。

「クレマンもディオンも……！　いくらお父さまが大丈夫だと仰っても、その通りに受け止めないで！」

「いやいや、フェリシア。これは決闘なのだよ」

「……はい……？」

意味がわからず、フェリシアはきょとんとしてしまう。リオネルは一度木剣を下ろし、続けた。

「これから私の可愛い娘を自分のものにしようとしているんだ。父親としてあっさりそれを認めるわけにはいかん」

ひどく真面目な表情で言うリオネルに、フェリシアはぽかんとしてしまう。ディオンは木剣を構え直し、真剣な表情で頷いた。

「陛下のお言葉、しかと受け止めさせていただきました。その代わり、俺が一本取ったらお時間を作っていただきます」

その時間はフェリシアとの結婚許可をもらうためのものだと、すぐにわかる。

「いいだろう。手加減は無用だぞ」

リオネルは好戦的な笑みを浮かべて、ディオンに向き直った。審判役のクレマンが、決闘の再開を告げようとする。

フェリシアはリオネルの前に素早く回り込んだ。

「――お父さま！」

それ以上は言わず、フェリシアはじーっとリオネルを見つめる。効果はてきめんで、リオネルはうっ、と言葉に詰まったあと――ディオンに救いを求めた。

「ディオン、頼む。娘を宥めてくれないか」

「あっ、陛下、愚息にそんなことを言ったら……っ」

「かしこまりました、陛下。御心のままに」

至極真面目な表情でディオンは言うと、フェリシアにずいっと身を寄せてくる。不思議な威圧感のようなものを感じて反射的に一歩を退こうとすると、それよりも早く腰を攫われるように抱き寄せられ、くちづけられた。

「……っ!?」

すぐにディオンは軽く首を振るようにして唇を押し割り、舌を押し入れてくる。濡れた舌はすぐにフェリシアのそれを見つけて搦め捕り、擦り合わせるように蠢いた。ぬるぬると口中を我が物顔で味わわれると、フェリシアの身体からあっという間に力が抜けてしまう。深く重ね合わせた唇の端から、飲み込みきれなかった唾液が滴る。その熱い雫をディオンの舌がねっとりと舐め上げてきた。

ゾクゾクと背筋が震えるような快感がやってきて、フェリシアはディオンの胸に縋りつく。このまま情事になだれ込まれても抵抗できなさそうな官能的なくちづけだった。

ぐったりしたフェリシアの身体を片腕で抱き支えて、ディオンはリオネルに言った。

「フェリシアさまのご機嫌は治られたようです」

呆気に取られているリオネルと、呆れのため息を吐き出しながら片手で額を押さえるクレマンに、フェリシアは恥ずかしさで真っ赤になる。ディオンの背中にでも身を隠したいのだが、それもできないほど腰が砕けてしまっていた。

リオネルはディオンの清々しいほどの態度に目を丸くしたものの、すぐに笑った。

「なるほど、そういう治し方もあるのか。だがその方法を使えるのはお前だけだからな。私ではできない」

「そうですか……ではいつでもフェリシアさまのご機嫌が悪くなったら呼んでください。この方法で治して差し上げます」

ディオンの言葉にリオネルはますます楽しげに笑う。対してクレマンは冷や汗を拭う仕草だ。

「クレマン、喉が渇いた。部屋に戻るとしよう」

「はい」

「ディオン、今夜の晩餐の時間、私は身体が空いているぞ」

ディオンの頬が、自然と引きしまった。フェリシアを抱き支えたままだったが、背筋を伸ばしてディオンは頷く。

「ありがとうございます。是非ともご一緒させてください」

「うむ。では行こうか、クレマン」

クレマンを従えて、リオネルが立ち去っていく。ディオンはその堂々たる姿が見えなくな

るまで見送ったあと、満面の笑みを浮かべてフェリシアを見た。

「ようやくお前が欲しいとお願いできるようだな！」

これまで見てきたディオンの笑顔の中で一番嬉しそうなものだ。

自分との結婚を本当に心から望んでくれていることがわかって、フェリシアも嬉しくなる。

だが、これだけはきちんと言っておかなければならない。

「ディオン。これからはもう少し節度をもって……きゃあ！」

思わず高い悲鳴を上げてしまったのは、ディオンがいきなり抱き上げてきたからだ。そのまま歩いて行くが、フェリシアには目的地がわからない。

「ディオン、どこに行くの!?」

「それはもちろん、お前の部屋だろ。晩餐までの時間、俺は暇なんだ」

「嘘を言わないで！　護衛団の仕事があるはずだわ！」

「そうか？　今急に暇になったんだ」

フェリシアの反論を、ディオンはまったく聞こうとしない。しかもフェリシアを連れていきながら途中ですれ違った召使いに、自分の副官に後を頼むなどという言づけを頼む。これはフェリシアがもう何を言っても、離れないつもりだ。

「婚儀の日取り、内容、お前の衣装……打ち合わせしなくちゃならないことはたくさんあるぞ」

「そうね。あなたの花婿教育もあるわよ」

王となるための教育が、ディオンには課せられる。だが彼の優秀さを知っている側として、フェリシアはまるで心配していない。少し意地悪をしたくなったがゆえの言葉だった。

ディオンは笑う。

「疲れたり落ち込んだら、お前が慰めてくれ。……色々とな」

最後の言葉に情事の匂いを感じ取り、フェリシアは真っ赤になる。

「ディオン！　昼間から、はしたないわ‼」

「俺はいやらしいことは何も言ってないんだけどな？　何を想像したんだ？」

ニヤニヤと人の悪い笑みで言われてしまい、フェリシアはさらに真っ赤になる。実に楽しそうに笑うディオンの笑顔を見ると、残念ながらフェリシアはそれ以上何も言えない。

ふう、と諦めのため息をついたあと、フェリシアはせめてもの反撃とばかりに、ディオンの頬に突然のくちづけを与えたのだった。

あとがき

初めましての方も、またお会いできて嬉しいですの方も、こんにちは。舞姫美です。

ハニー文庫さまでは四作目となりました。気づくとこんなに……！　商業デビューをしたときには一冊出せればいいんだ！　などと思っていたのですが、人生とはどうなるかわからないものです。これもお手に取ってくださる方のおかげです。本当にありがとうございます！

今回のお話、自分的にはこれまで出させていただいたハニー文庫作品の中で、一番に甘いお話だと思っています。書いてるときはそうでもなかったんですが、著者校正をしているときにまさに口から砂糖を吐きそうになりました……。よかったね、ディオン！　フェリシアと結婚できて！　イラストはあんなに格好いいのに、彼の頭の中は九十九パーセントがフェリシアのことばかりです（ドキッパリ）。なのでお話の流れ上、結婚式のシーンを入れられなかったのがちょっと悔しいです。うぐぐ。いつかどこかで必ず……！

そしてきっとこの二人は子沢山になるだろうなー。教育係は間違いなくエミールになるわけで……彼の苦労は二世代にわたるのだろうなー、などという妄想を、担当さんと一緒にしていたりもします（笑）。これもいつかどこかで必ずや……！（野望）

私の書く歴代ヒーローの中で一番のダメンズと思えるディオンをイメージ以上に格好よく、フェリシアをとっても可愛らしく描いていただきましためろ見沢先生。どうもありがとうございました！　表情パターン、髪型パターンと色々と考えてくださり、二人を大切にしてくださっていることが伝わってとても嬉しかったです！　二人のあまあまっぷりがさらに強力になりました。皆さま、胸焼けして下さい！

いつも色々なアドバイスを下さる担当さま。この作品を世に出すために関わって下さった方々。いつも大変感謝しております！

そして何よりもお手に取って下さった方々に、限りない感謝を。ありがとうございます。今回お届けしたもので少しでもほんわり幸せな気持ちになっていただけますように。毎度同じ謝辞しかできないのがもどかしいですが、少しでも作品でお返しできていることを祈ります。

またどこかでお会いできることを祈って。

本作品は書き下ろしです

舞姫美先生、めろ見沢先生へのお便り、
本作品に関するご意見、ご感想などは
〒101-8405
東京都千代田区三崎町2-18-11
二見書房　ハニー文庫
「甘蜜色ブライダル」係まで。

Honey Novel

甘蜜色ブライダル

【著者】舞姫美

【発行所】株式会社二見書房
東京都千代田区三崎町2-18-11
電話　03(3515)2311［営業］
　　　03(3515)2314［編集］
振替　00170-4-2639
【印刷】株式会社堀内印刷所
【製本】ナショナル製本協同組合

落丁・乱丁本はお取り替えいたします。
定価は、カバーに表示してあります。

ISBN978-4-576-15159-5

http://honey.futami.co.jp/

舞 姫美の本

甘美な契約結婚

イラスト=KRN

財政難に陥った自国を救うため、隣国の王・ダリウスと秘密の契約を結んで嫁いだセシリアだが、なぜか彼に異様なほど愛されていて…。